M・がらしゃ

田園狂騒曲

アルプスのすそ野から奥信濃へ

東京図書出版

田園狂騒曲 ✣ 目次

一楽章

南ティロルの夏

Allegro gioioso（うきうきと陽気に）

むせ返る無風状態の暑さの中で、さまざまな虫たちの賑やかな羽音や声が、リンゴ畑の下草を踏み分けて歩くわたしの気配に一瞬ぴたりと止まる。が、その唐突で短い休止符の後、足音が遠退くのを確かめてから、安堵して、何事もなかったかのように、再び彼らの営みは繰り広げられるのであった。

おそ夏のSüd Tirol（南ティロル）の、起伏の鋭い延々と広がるDolomite（ドロミーテ）山脈を少し西に廻った天空に、8月の太陽は、突き刺さるような陽射しを大地に降りそそいでいた。すべてが眠っているような昼下がりである。

時が静止していた。

見事に果実をつけたリンゴの木々は、その重みに耐えきれず、細い枝は地面すれすれにしだれている。時々甘酸っぱい果実の匂いが鼻をつく。熟れているのだろうか？

それとも鳥たちが突き落として地面に転がり、発酵しはじめた果肉の匂いなのだろうか？

斜面に入るとブドウ畑になる。

太陽がまんべんなく房にあたり、風通しの良いように工夫されているブドウの木々は、柵状になっている。陽射しがよくあたることによって糖度が上がり、ワインのアルコール度が上がるのだそうである。

南ティロルは、古くからワインの産地であった。種類はかなりあるが、全体量の七割は赤が占めている。しかし、白もなかなか捨て難い。

白ならばPinot Grigio（ピノ・グリージョ）を、わたしはこよなく愛する。だが残念なことに、多々あるPinot Grigioの中でも、あの冷ややかで気品に満ちた、飛び切りのPinot Grigioに出会うことは、最近ではごく稀になってしまった。

南ティロルのブドウ栽培は、ヨーロッパの中で最も古いといわれ、古書によると紀元前からのようである。

そういえば、Gantkofel（ガンツコフェル）の山頂に立って豊かに広がるEppan（エパン）を見下ろすと、Etsch Adige（アディジェ川）に沿ってSüdtiroler Weinweg（南ティロルワイン街道）が、蛇の背中のように帯状に長く延びている。おそらく古代ローマの時代から、馬車か牛車でワインの樽やダミジャーナ[*1]を輸送するために生まれた道なのであろう。

と、突然、一陣の冷たい風が、汗ばんだ首筋を吹きぬけていった。

太陽は天空にあり、わたしの視界に雲はなかった。が、耳を澄ますと、先ほどまでの虫たちの賑わいはぴたりと止んでいる。

振り返ると、Largadan（ラルガダン）の上空に一塊の黒雲が、恐ろしい勢いで広がり、Eppanに向かって悪魔の手のようにぐんぐん伸びている。

冷たい風は急速に力を増し、ブドウの葉群が忙しくざわめく。

雷鳴が遠くに聞こえ、Schloss Boymont（ボイモント城）の辺りまで豪雨になっているらしく、古城が見えなくなってしまっている。

この勢いだと、あと一、二分でこのあたりも雷雨に襲われることは間違いない。

わたしは大急ぎで葉が密集しているブドウの棚を探し、その根元に身を潜めた。

間一髪、果たして大粒の雨がブドウ畑の小道に叩きつけられたかと思うと、瞬く間に泥水の濁流に変わっていった。

太陽は黒雲に隠され、先ほどまでのむせ返る暑さは、嘘のように肌寒さを感ずるほどになっていた。

この降り具合では、ブドウの葉の茂りも、とうていわたしを救ってはくれまい。よくもまあ、こんなに大量の水分が空中にあったものだ、と呆れかえる。山頂から巨大な水桶をひっくり返したような降り方である。

〝いい加減にしたらどうですか！〟とわたしは声に出して雨に言った。

お気に入りの麦わら帽子の縁が、コッカースパニエルの耳のように垂れ下がってしまい、両肩と背中に滝を作っている。みじめな気分である。

Beethoven（ベートーヴェン）の交響曲六番の四楽章は、恐ろしく写実的な描写である、とわたしはブドウの木の根元でずぶ濡れになりながら思った。

その生涯に、なぜか唯一度しか劇場で演奏しなかったMo. Carlos Kleiber（マエストロ　カルロス・クライバー）の六番を、１９８３年11月７日、わたしはMünchen

（ミュンヘン）で聴いた。

あの夜の、劇場内に充満していた演奏前の異様に張り詰めた静寂と、演奏後の異常な興奮を巻き起こした彼の演奏が、ブドウの根元に身を潜め、ずぶ濡れのわたしの脳裏に生々しく甦っていた。

20分も続いたであろうか。

降り出した時と寸分違わず、唐突に雨は上がった。

暫くすると、何事もなかったかのように、虫たちは鳴き出し、羽虫たちは、雨に打ちのめされた草花が時折こぼれ落とす水滴を器用にかわしながら、繁みの上を忙しく飛び回り始める。

太陽も再び顔を見せる。黒雲はほどけながら、Dolomiteの遥か彼方へ大急ぎで去って行った。果樹園の緑が、いっそう鮮やかに輝き、Eppanに平和が戻る。

さてと、六番の終楽章の、平和な気分には到底なれるはずもなく、わたしは打ちひしがれ、全身から水滴を滴らせ、疲れ果てた兵士のようにみじめな気分で、丘の中腹のSchloss（城）に帰って行くことにしよう。

南ティロルの朝食は、多分にドイツ風である。Caffè latte か Cappuccino、或いは Espresso にブリオッシュか二、三枚の Fette biscottate にコンフィテューールを添えて軽く済ませてしまうイタリア式に比べると、よほどヴァリエイションもヴォリュームもあり、食の細いわたしにとっても、見るだけだとしてもとても愉しいのである。

城内のティロル地方独特の装飾が施されている朝食の広間の中央に、Fratino（フラティーノ）と呼ばれている頑丈な古い大きなテーブルが置かれている。

果実類が豊富なこと、Speck（シュペック）のような少しスモークがかかったハム類が多く、放牧が盛んであることからヨーグルト、フロマージュブランや熟成したチーズ類などが多く、フラティーノの上に多種の生産物がところ狭しと並べられている。しかも巨大な皿や鉢に、たっぷりと気前よく盛り付けられているのである。自家製のコンフィテューールも、5種類ぐらいは大きなガラス器に、それぞれドサリと入っている。

わたしは、8時に塔の自室から朝食の広間に下りてゆく。

先ず、その朝の大テーブルの上の品々をゆっくり吟味しながら一周してから、テーブルの一角に固定されている円筒形のガラス容器のコックをひねり、冷たいシードルをコップになみなみと注ぐ。それから、朝露に濡れている草花の飾ってあるテーブルにつく。発酵が始まったばかりのシードルは爽やかで舌にピリッとし、甘酸っぱい液体が喉に心地よい。

この地方の伝統的な小さな白いレースの前掛けをした健康そうな美しいティロルの娘が朝の挨拶をし、熱い飲み物の注文を取りにくる。

こっくりと濃いめに淹れた紅茶に、今朝絞ったティロルの濃厚なミルクが、わたしのお気に入りの朝の飲み物である。

領地内で採れた新鮮な多種の果実を大まかに刻み入れたマセドニアを、白い陶器に取り分け、その隣にある大鉢からトロリとしたフロマージュブランをどっさりかける。今朝は更にその上に、真っ赤なスモモのシロップ煮を一つのせてみた。〝なかなか美しいではないか！〟とわたしは満足する。いつもはスモモの代わりにヒマワリの種だとか、つぶした大麦などをふりかけてMuesli（ミュズリ）のようにして食べるのだが。

毎朝それぞれのテーブルには、ドイツ語、イタリア語で印刷されたメッセイジが置いてあり、その日の天気予報、小話、近くの村の朝市案内、ことわざ、お勧め散歩コースやトレッキングコースのアイデア等々が記されている。

たっぷりとミルクを入れた一杯目の熱い紅茶を飲みながら、そのメッセイジを読み終わる。あれほど好きなCaffèを、都会を離れると欲しくないというのは、いったいどういうことか？

それから自分のテーブルを離れ、メインテーブルに近づき、大皿に大量に盛り付けられているSpeckをはじめ種々のハム類や多種のチーズの前を横目に素通りし、スクランブルエッグもパスし、木の実や果物がふんだんに入ったティロルの濃厚な菓子パンの前も素知らぬふりをして通り過ぎ、これまた数えきれないほどの種類のパンが山積みになっている大きな籠の前で立ち止まる。どれを選んだらよいか、戸惑ってしまうほどヴァリエイションが豊富である。

アレコレ迷った挙句、クルミの入った黒いパンの一切れとヒマワリの種が入っているのを一切れ皿に取り、テーブルの中央に引き返して、今朝はビルベリーとリーベスのコンフィテュールをそれぞれの小皿に取り分けた。

フレッシュな自家製のティロルバターは大好きだが、ハムやチーズ同様、今朝は目を瞑って断念する。というのは、実は昨日のガンツコフェル登山のおかげで、今朝ベッドを降りた時から足腰が軋み、おまけに両足の小指にホオズキのような水膨れが出来ていて、短時間の散歩さえ許されない状態なのである。

されば、朝食の羽目などを外したものなら、摂取カロリーはエネルギーとして代謝しきれないに決まっているではないか。

冷たく透明な空気の中で、朝の光にきらめくEppanの果樹園を見下ろしながら、二杯目のさらに濃く出した紅茶を堪能し、ビルベリーのコンフィテュールをたっぷりのせたクルミ入りパンを頬張り、今日は城の果樹園の中にあるプールで、一日おとなしく過ごそうと思った。

南ティロルに着いた最初の夜から、我ながら呆れるほどわたしは眠るのである。都会に居るときは、せいぜい6時間が限度であった。

夜10時になると、手にしている読みかけの本が、パタンとベッドの下に落ちハッとする。そうなると、柔らかな羽根布団を首のあたりまで引っ張り上げて、あっという間に眠りに落ち込んでゆく。勿論部屋の窓は、どんなに寒くても開け放ったままである。羽毛が一晩中体温を保ってくれるので、朝まで快眠することができる。本を読まない夜は、明かりを消して、ベッドの中から星を眺める。たいそうロマンティックな、と人は思うかもしれないが、そうではないのである。

子供の頃、父が庭に据え付けたあまりよく見えない望遠鏡を覗きながらさまざまな星の説明をしてくれたが、その父へのノスタルジアでもない。

中世の城の塔の一室から眺めるわたしの星たちは、夕食に出されたデザートの皿にまき散らされていたパウダーシュガーのようだなあ、とか、あれは赤カブの輪切りのように周りが紅いとか、Spinatknödel（ほうれん草入りニョッキ）のように緑っぽいではないかとか、グラニースミスのシャーベットのように青ざめているなどと、おおよそロマンティシズムからは、かけ離れているのである。

わたしは、どちらかと言えば小食である。

身体に正比例して胃が小さいのと、生来我儘なせいで、少しずつ、いろいろなものを食べたがる。ゆえに、日本の懐石、会席料理は、たいそう好都合なのである。我儘ではあるが、なんにでも興味を持つ性格なので、食べ物にも多大な興味を持つことになる。よほど不味くない限り、コレは美味しくないなあ、と感じながらもなんとか最後まで食べてしまう。

山道を歩きながら、木苺だとか木の実、花などもつまみ食いをしてみる。ある時、鳥たちが啄んだ形跡があったので、さぞかし美味であろうと思い、真っ赤なリーベスによく似た小さな実の房を口に放り込んだら恐ろしく苦く、慌てて吐き出す羽目になってしまった。

南ティロルの料理は、こってりしていて量も多い。城のレストランで出されるせいぜい四分の一人前が、わたしの食べられる量である。うっかりしてギャルソンに言い忘れていると、見ただけで食欲を失ってしまいそうな大盛の皿が、目の前にドンと現れる。

この地方は、19世紀半ば過ぎにイタリアが独立するまで、約４００年近くハプスブルク家（オーストリア＝ハンガリー帝国）統治下にあり、２００年前にドイツ系がガルダ湖の北側に南下、定住したことから、現在はイタリア領でありながら、ドイツ語が日常語になっている。人種もゲルマン系で、政治的には特殊な自治体制を保持している。公的にはイタリア領であるから、当然イタリア語が通じるのだが、彼らの間では好んで使われることはない。そして、料理も自ずとドイツ風なのである。城では時々イタリア料理を出してくれるが、それとて、やはりドイツ風イタリア料理なのである。

プールから上がり急いでシャワーを浴び、濡れた髪のままでディナー用のドレスに着替えてダイニングルームに降りると、テーブルの上に朝食の時とは異なる野の花に囲まれた美しいブルーキャンドルに灯が灯されている。

広々としたダイニングルーム全体が、伝統的なティロルの色調で設えてあった。古い壁も調度品も、遠い時間を経てくすんだ荒々しい木肌を見せて、椅子のカヴァーは暗く重苦しいトーンのゴブラン織りである。それらを、それぞれのテーブルの蠟燭の灯がゆらゆらと照らし出していた。なかなかロマンティックな演出である。

わたしは、何世紀か前の、山賊同様の領主の晩餐会に出席しているような気分であった。

客は大部分がゲルマン系の人々で、ごく稀にイタリア人がいても、年配の上品な夫婦だったりするので、静かで落ち着いた雰囲気である。

湯治の施設があり、城の客は一カ月以上長期滞在する人々が殆どなので、顔を合わせれば自然に挨拶を交わすようになるのだが、絶対に個人的な立ち入った質問はしない。それが最小限の礼儀である。

ダイニングルームの中央の大テーブルに、多種多様のオードヴルが並べてある。旬の新鮮な果物が入っている大きな籠、虹鱒やその他の淡水魚の冷製や燻製、豚、牛、ジビエのサラミ、ハム、ソーセージ、シュペック等の加工品。その大皿には、毎回異なった形の人形や鳥、リスのような小動物、時には大きなキノコなどのバターの彫刻が飾られている。

領地内で栽培されている新鮮な野菜の入った大鉢も、10個ほど列をなしている。そして、勿論パンの大籠もある。

ゲルマン系の人々は、身体も頑丈で大きいが、驚くほど大食である。前菜だというのに、テーブルの片っ端から全部取ってゆく人が多い。それでも足りないのか二皿目を取りに来る。

わたしはというと、せいぜいスモークのかかった虹鱒を一切れ、5センチぐらいに育ったサラダ菜とラディッシュかティロル風のザワークラウトを少し。時にはサンダニエレの生ハムを2枚に、小さなソラマメ色のイチジク数個を添える。生ハムにメロンは定番であるが、夏も終わりに近くメロンの味が落ちてくる頃、このソラマメ色のイチジクが出回りメロンに代わって生ハムのお供をするようになる。そして、メロンアレルギーのわたしはこちらを好む。

この小さなイチジクは、Bresaola（ブレザオラ=牛ハム）とも相性が良い。

Bresaolaといえば、スイスに隣接しているイタリア領のValtellina（ヴァルテッリーナ）が有名で、レモンの搾り汁にオリーヴオイル、オレガノを振りかけるが、ティロルのブレザオラはヴァルテッリーナのものほどクセがないので、薄くスライスしたパルミジャーノレッジャーノをのせたり、ソラマメ色のイチジクを添えたりする。これはなかなか美味しい。この地方でクレンと呼ばれている西洋わさびの根をすりおろしたディップを付けてもおいしい。

クレンのディップといえば、北ヨーロッパではよく食されているが、混ぜ合わせるものに、それぞれの地方の伝統や家の秘密があるらしい。城のディップは、かなり辛みが効いていたが、それでもまろやかでわさびの香りが爽やかである。たいそう気に入ったので、女主人を捕まえて作り方をこっそり教えてもらった。

すりおろした新鮮なクレン＋おろしリンゴ＋おろした白いパン少々、すりつぶしたクルミ＋少しホイップした生クリーム＋砂糖ヒトツマミ、好みでレモンの搾り汁、これらを混ぜ合わせる。このディップは肉料理にもよく合う。

リンゴをすりおろす前にレモン汁を塗ると酸化を防ぐ。

煮たリンゴを使うこともあるそうだが、その時は、砂糖は入れない。リンゴの代わりにブルーベリーを使うと美しい紫色になるし、生クリームの代わりにヨーグルトを使うこともあるそうだ。

このクレン入りのディップは、茹でたジャガイモやライ麦のパンに薄く塗っても美味しいのだが、いい気になって食べ過ぎると、一晩じゅう腸の中がヒリヒリするようで寝苦しく、翌朝のトイレが大変である、とまあ、わたしの愚かな経験を申し上げておく。

優しい野の花に囲まれたキャンドルの隣に、その夜の夕食のメニューと一緒に、歴史を感じさせる立派なワインリストが置かれている。

ディナーのメニューもワインリストも、ドイツ語とイタリア語で書かれている。ごたいそうなワインリストをおもむろに開くと、南ティロル産のワインが呆れるほどズラーッと花文字を交えて記されているではないか！

一瞬、いわゆる〈通〉でないわたしは戸惑ってしまう。

しかし、目を閉じて、深呼吸して読み直すと、Merlot（メルロ）とかSüdtiroler Blauburgunder（シュドティロラー・ブラウブルグンダー）など、耳にしたことのある赤だとか、白ならTerlaner Sauvignon（テルラーナー・ソーヴィニョン）、Weißburgunder、（ヴァイスブルグンダー）、Südtiroler Ruländer（シュドティロラー・ルランダー）が読み取れた。それならば、とディナーのメニューを覗き、メインディッシュの肉と魚を吟味した。肉はノロ鹿の何とかソースがかかっているものらしい、つまりジビエ料理なのである。ノロ鹿の肉など、ついぞお目にかかったことなどなかったので、例の好奇心からそれに決める。かけてある何とかソースがどんなものかは見当もつかないのだが、ジビエならばクセがあるだろうから、ワインはかなりこっくりした赤が正道であろうと思う。だが、生憎そのこっくりしたフルボディは、わたしの好みではないのである。

Südtiroler Blauburgunderあたりがよさそうだが、それでもこのワインは、わたしの好みからすると、少々重すぎる嫌いがある。もう少しクセのない舌の上に残らないものが欲しい。

あれこれ迷っているうちに、給仕長がワインの注文を取りに来てしまった。こうなったら、彼の意見を聞いてみるのも一案である。

そこで、こちらの好みの味を一通り並べ立てたら、それならば城のSüdtiroler Vernatsch（シュドティロラー・ヴェルナツ）を試してはどうか、とのことである。Vernatschは、以前サルデーニア産を飲んだことがあったが、あまり好きではなかった。しかし、全く気候の異なるティロル産となると、どんなふうに変化するのか興味が湧いた。で、素直に彼の助言に従うことにした。

Südtiroler Vernatsch を手にして、再び現れた給仕長は、生産年代の記載されているラベルをわたしに示してから750ml入りボトルの栓を抜き、大きなワイングラスで味見させてくれた。少し角が立っていると感じたが、若いせいかあまりクセがなく、まあ気に入った。

赤は、やはり少なくとも一時間以上栓を抜いておかないとまろやかさに欠ける、などと生意気を言うようだが〈通〉でないわたしとて、そのくらいのことはわかるのである。

さて、やっとワインも決まったことだし、先に大テーブルから取ってきた前菜を食べながら、試飲の時に給仕長がやったのを真似して、ワイングラスを静かに回しながら口に含むと、Vernatsch はなじんでやさしくなり、濃厚なブドウの香りが口内に広がった。満足である。

そこで広いディナールームを見渡し、夕食を楽しんでいる人々を眺める余裕ができた。

赤や、年代物とお見受けするワインクーラーにボトルを差し込んだ白ワインを置いているテーブルがほとんどだが、やはりゲルマン系のこととてビールを飲む人たちもいる。野暮なことではある、などと思うのは、典型的な年寄りの気取り屋の意地悪い観察である。

それぞれのテーブルに揺らめくキャンドルの焔が、重いティロルのインテリアに調和して、静かな、落ち着いた優しい雰囲気をかもし出している。

昼間の山歩き、テニス、そしてプールサイドでの日焼けなどでリラックスし、和やかに静かに語り合いながら夕食を続ける人々は、南ティロルの美しい夏の夕べを、ゆったりと心から愉しんでいるようである。そして何よりも、彼らの身についた、さりげない洗練されたマナーが、人々をいっそう美しくしている。

〝人は食事のマナーでその人の本質が露わになる〟と、ある作家の書いた文章を読んだことがあったが、まさにその観察には同感である。

南ティロルのワインは、白も赤も2〜3年から、せいぜい5年ぐらいまでの寿命ということらしい。〈通〉でないわたしは、ブドウの香りが残っている若いワインが好きだ。だから南ティロルのワインは好都合なのである。アルコール度は、ほとんどが12度前後で、年代物のBaroloなどのように酒を感じさせず、軽やかですっきりしている。ブドウの収穫期に作られるこの地のNovelloは、さぞ美味であろうと想像する。一度試してみたいものだ。

ある国では、今年の○○Nouveauは○月○日に販売解禁になります、などと大げさに宣伝され、その宣伝にうまく乗せられた浅はかな見栄っ張りたちが、その日になれば我も我もと、ワインは絶対おフランスというでっち上げられた信仰にのっとって、列をなし買いまくっている。

だが、その○○Nouveauをわたしは好きになれない。

我がスイスでもその時期になれば、Barの壁の片隅に貼り紙を見ることがあるが、人々は特別な注意を払うでもなく、ごく無関心である。

本当に、あれが美味しいと言えるのだろうか？

スパークリングワインは、この地では少ないそうである。若い頃、わたしはシャンパンの類いが苦手であった、が、歳を重ねるにしたがって、だんだん食前酒として一杯飲む習慣が身についてしまった。

我が家の夕食会などで、食前酒として出すスパークリングを好まない人がいると、わたしはフレッシュなオレンジの搾り汁や、その季節には生イチゴのジュースで、リンゴの季節にはリンゴの生ジュースでカクテルをつくる。要するに、相性の良い新鮮な果物であれば、何でもよい。そしてスパークリングワインの量を加減すれば、アルコールに弱い人でも喜んで飲んでくれ、おかわりのリクエストが出たりする。

イチゴとスパークリングはとても相性が良いので、デザートとしてイチゴを使うときは、たっぷりスパークリングをかけて出す。

ワインは、先ず口に含んだ瞬間に広がる味が第一であろうが、香りや色も大切である。どちらかといえば、こちらのほうがわたしには気になる。ある友人曰く、〝Riesling（リーズリング）のように美味しいワインでも、あの黄色味を帯びた、馬の小水のような液体は好きになれない〟そうで、全く同感である。世間では〈麦わら色〉と呼んでいるが、何と言うか、エレガントさに欠けているような嫌いがある。

その点、Pinot Grigio のように、冷ややかなグレイがかったクリスタルのようなワインは、殊のほか、わたしを満足させてくれる。

赤ならば、暗く重い、いわゆるBordeaux（ボルドー）色よりも、Piemonte の Grignolino（グリニョリーノ）のように鳩の血と通常いわれている明るい赤を好む。そして何よりもGrignolino は、コクがありながら軽やかで、エレガントで舌に甘みがまつわりつかないところが気に入った。

南ティロルでのヴァカンスを勧めてくれたドイツ人の友人から、彼と同姓同名の白ワインがこの地方にあると聞かされていた。

ある日、リストにそのワインを見つけたので注文してみた。なかなか美味ではあったが、飲んだ後に少し甘さが口の中に残るのが難であった。キレがよくないのである。日本人は、Roséを好む人（特に女性）が多いようだが、食前酒かソフトドリンクとして適度に冷えたのは、口当たりが良くエレガントなワインである。しかし個人的な好みから言うと、テーブルワインとしては、少々物足りなく感じる。

白は、地下の酒蔵に低い定温に保たれているのが最高に美味しい。都会のレストランのように、人工的に冷やされているワインは、どことなく角があるように感じられる。

白はデリケイトなので、その地で飲む以外には本当の美味しさは楽しめないそうである。

確かに、数年前ミラノ市から150㎞ほど南に下った村のTrattoria（トラットリア）で飲んだ白ワインがたいそう気に入ったので、ボトリングしてもらい、家に持ち帰ったのだが、やはり彼の地で味わったようにはいかなかった。

ある日、〝毎日コップ一杯（女性は半杯）の赤ワインを飲むことが、細胞膜の過酸化予防に有効である〟というありがたい記事を雑誌で読んだ。一日にコップ一杯が適量というところを無視して、健康のためという大義名分を誇大視し、一日に少なくとも四、五杯は飲むのである。

東洋人には、少量のアルコール分で、顔が赤くなったり青くなったりする人がいる。それは、アルコールを分解するアセトアルデヒド脱水素酵素が少ないために起こる現象だそうだが、純日本人であるはずのわたしには、どういうわけかそのようなことは、よほど体調を崩していない限り起こらない。白人種たちは、酔いはしても、顔が赤くなることはまず無い。顔が赤くなったり青くなったりするのは、蒙古系人種だけの現象らしい。

ある著名な日本人作家が、ルネッサンス期のフィレンツェを舞台に、素晴らしい長編小説を書いているが、その中で、〝酒を酌み交わす人々の顔が赤らんで……〟というくだりがあった。おそらく、酒を飲めば顔が赤くなる、という東洋人の固定観念から生まれた状況描写であろう。

ともかく、顔に出なくとも、わたしとて酔うことだけは事実である。

それとて、神経や体の筋肉の緊張感が適度にほぐれる程度で、ゆったりとした、なんとなく優雅な気分になれるのである。

しかし、いくらアルコール度の低いワインとはいえ、７５０mlのボトルを一人で飲み干せば、世界中がぐらぐらして、ベッドに崩れ込む羽目になるのは当たり前なのである。

やはり酒も他の事と同様、適量を楽しむべきである。細胞膜の過酸化予防効果も適量が過ぎれば、逆効果になるに決まっている。

南ティロルの人々は、本質的に農耕民族である。しかもゲルマン系なので、実によく働く。

朝6時に、わたしは目を覚ます、と同時にベッドから飛び下りる。なぜ飛び下りるかというと、年代物で、しかも体格の良いゲルマン人用なので、ひどく寝台が高いのである。短足のわたしには踏み台が必要なくらいである。

父親譲りのセッカチな性分なので、いくら心地よい羽毛の布団のなかでも、いつまでもベッドにゴロゴロしているのは気色が悪い。

習慣として、起きざまにコップ一杯の水を飲んだ後、頭から水のシャワーを浴びる。山の水は身を切るように冷たく、見る見るうちに肌が真っ赤になり、身も心もシャンとする。

それから、朝食前の散歩に出る。

果樹園の中を歩き回っていると、必ずお百姓に出会う。“Grüß Gott!”と声をかけると、リンゴやブドウ畑の下草刈りの手を止めて“Grüß Gott!”とこちらを見る。なるほど、いつ何処の果樹園を見ても、木々の下はきれいに草が刈り取られているはずだ、と感心する。

〝見事に実をつけていますねえ〟と大声で話しかけると、草刈り機のモーターを止め、“Ja, Ja”と重々しい調子で答えてくれた。

開放的で調子のよい、人情家だが、しかしいい加減なラテン系民族であるイタリア人とは正反対なティロルの人々は、閉鎖的で愛想がなく、口数も少ない。つまり余計なことは口にしない実直な人々なのである。東洋人のわたしなどには、あからさまにウサンクサイ表情を隠さない。金髪で青い目の人間たちの多いこの地方に、背の低い、黒い頭の、黒目でオリーヴ色の肌の女が、果樹園の中をうろつき回っているのだから当たり前である、しかも早朝に……。

〝根元のところが、どの木もみんなコブみたいになっていますが、どうしてですか？〟とイタリア語で話しかける。

彼は、暫く黙って無表情に地面を見つめていたが、やがて顔を上げ、〝接ぎ木をしているからです〟と重い口調のイタリア語で言った。

多分イタリア語の接ぎ木Innesto（インネスト）という言葉が、直ぐには頭に浮かばなかったので、暫く考えていたのであろう。

不愛想な彼の態度を一向に気に留めず、アッケラカンとしているわたしに、今度は彼の方から妙なアクセントのイタリア語で、決してそのような質問をすることのないこの地方の人には珍しく〝貴女はイタリア人ですか?〟と聞いてきた。

"Nein Nein! Ich bin Japanerin!!（いいえ、わたしは日本人です）"とドイツ語で答えると、"Oh! Japan!!"とドイツ語で言い、急に顔をほころばせた。彼のJapan（ヤパン）がヤバンと聞こえたので、思わずわたしも笑った。人は笑うと打ち解けることになるらしい。

その朝のお百姓も、リンゴの木の下でニコニコ顔になり、急にお喋りになった。

その果樹園は、２メートルほどの高さの若木に、かなりの果実をつけていて、４メートルほどの間隔で列をなしている。だが、隣の畑の木々は、５メートルはありそうな高さで、太い幹や広がった枝からすると、かなり年数を重ねているようである。

しかし、こんなに細く華奢な若木に、こんなにどっさり果実をつけさせて良いものだろうかと疑問が湧く。

〝隣の畑の木のように大きくなるのには、何年くらいかかるのであろうか?〟という質問に、〝70年ぐらいですが、最近は極力大きくしないように工夫を凝らします。それは、収穫する時に、梯子や脚立を使わなくて済むからです。そうすることによって、自ずと人件費の節約にもなりますからね。しかし、小さい木は、とてもデリケイトなので、よい果実をならせるためには、それなりの手間がかかります、なかなか大変なのですよ〟と言った。

どのような手間が必要なのか聞いてみたかったのだが、彼の仕事の邪魔をしたくなかったので、質問は断念して別れの挨拶をし、散歩を続けることにした。

歩き出して間もなくモーターの音がしたので振り返ると、彼は黙々と朝露に濡れた下草を刈り続けていた。

一ちぎりの雲もない、紺碧の空である。

Gantkofelの岸壁に冷たい朝の太陽の光が差し、荒々しい裸の岩肌に、鋭く陰影を刻んでいる。

その少し手前の、これも鋭く切り立った岩山の断崖の上の、崩れかかった古城が、お伽話の魔女の住み処の様相を呈してEppanを見下ろしている。その下は、一面の緑の海。

遠くの教会の鐘が響き渡り、広々とした谷間の村々にその日の始まりを告げる。黄色や茶色の殻を背負ったカタツムリが野ばらの蔓に這い、わたしの足音に驚いて、突然繁みの中からキジが飛び立つ。ふと、中学校の英語の授業で暗唱した、ワーズワースの詩を思い出した。

やがて、朝の光がたっぷりと果樹園にそそぐ頃になれば、虫たちも忙しく飛び回りだすであろう。

一日中山歩きをするわたしは、城で昼食用の弁当を作ってもらう必要がある。城に着いた二日目の朝食の時に、その旨を伝えた。

朝８時半に城を出発するのだが、なんと、用意された紙袋の中身は、５人前は有りそうなヴォリュームではないか！　ウインナーシュニッツェル、スモークサラミソーセージ、シュペック、ハム、チーズ2種類、トマト、赤カブ、リンゴ、ナシ、プラム、ブドウ等々がずっしり入っている。その紙袋を入れただけで、わたしの小さなリュックサックはタヌキのお腹のように膨らみ、ズシンと重くなる。

どんなに頑張っても、そんなに食べられるわけもないし、それに何よりも、この重さを背負って山歩きをするのは、真っ平御免である。

それで、次の日からは夕食時に〈明日の弁当のメニューは、シュペック5枚、スライスチーズ2枚、トマト1個、果物1個〉としたためたメモ用紙を、ギャルソンに渡すことにした。パンは朝食の籠からライ麦の黒いのを2枚とっておく。

地図には、軽食のできる山小屋が所々に記されているが、気の向くままに歩き回りたいわたしは、昼食のためにはそこまで辿り着かなければならない、という束縛が嫌なのである。で、山小屋では、せいぜいビールを飲む程度にして、後は渓谷の水で喉の渇きを癒やすことにした。水筒を持つのは嫌いなのである。なかなか渓流に出くわさない日は、死ぬほど喉が渇いても、水筒や水のボトルは絶対に持ちたくない。強情なことではある。

都会の喧騒を逃れて、せっかく心静かに山歩きをするのだから、とわたしは努めてポピュラーなゾーンを避けて歩いた。道を曲がった途端、ひょっこり狐に出くわしてお互いにびっくりし、一瞬見詰め合ったり、優しい目をした鹿の群れを、驚かさないように息を凝らして木々の間から観察したり、広葉樹のテッペンをざわつかせながら忙しく渡り歩き、木の実をあさっている灰色のリスたちの姿を確かめようと、身を潜めて様子を窺ったり、なかなか愉しいのである。

時には、人に出会うことがあった。

その日は、Niederfriniger Wiesen（ニーデルフリニガー・ヴィーゼン）に登ろうと計画を立てて城を出た。Buchwald[*2]（ブッフワルド）の手前の、かなり勾配がきつい山道で、男女のドイツ人とみられる学生二人に出会った。例によって、“Grüß Gott!”と挨拶をしたところを見ると、バイエルン地方の若者らしい。しかしその若いカップルは、すでにバテ気味である。手もちの水を、岩の上にだらしなく座り込んでガブガブ飲んでいる。

〝そんなにいっぺんに大量の水を飲むと、疲れてしまいますよ！〟と言うと、〝解っているのですが、もう我慢できないのです!!〟とのことである。

〝Buchwaldまで、後どのくらいの道のりか〟と聞いてくる。〝多分30〜40分でしょうねェ〟と答えると、〝未だそんなにあるのか〟と落胆した。

〝お腹も空いたし、喉が渇いてしょうがない！　ああ、ビールが飲みたい!!〟などと言うので時計を見ると、11時半であった。

〝さあさあ、あなたたちは若いのだから、元気を出して頑張りなさい。わたしなどは、もう50歳を通り越していますが、すこしも疲れてはいませんよ〟と言うと驚いて、〝貴女の足はハガネで出来ているのでしょう〟と笑った。

結局、彼らとは後になり先になりながら登り続けたが、不規則な歩き方をする彼らを引き離して、わたしは12時半に山小屋に到着した。わたしとて、喉が渇ききって、口の中が粘ついているのである。テラスのベンチに座って生ビールを注文する。樽から出してくれるビールは命の水のようで特別美味しく、汗で身体に張り付いているTシャツに当たる乾いた風が心地よい。

ジョッキを片手に、遥か彼方のDolomite山脈を眺め、小さな村々が点々とする

Eppanの美しい広がりを眼下に堪能していると、さっきの学生たちが、歓声を上げて山小屋に辿り着いた。そしてわたしの顔を見ながら“Oh! Bier!!”と言って笑い転げた。ドイツ人にしては、随分陽気な連中である。

山から下り、すそ野の農作物の畑をぬって城への道を喘ぎながら歩いていると、大きな古木の下に木のベンチを見つけた。周囲に人影がないことを確かめてから、〝ヨッコラショ！〟と、声を出して腰を下ろし、一息入れる。

刻々と変貌してゆく黄昏時の山肌や、その下に広がる緑の風景は、瞬きをするのも惜しいくらい美しい。

Y字型に分かれる農道の辻には、雪除けであろうか、勾配のきつい屋根が付いた素朴な木彫りの十字架上のイエズス像が立っている。

その足元には、誰が供えたのか、可憐な野の花が風に揺れている。

はて、何処か懐かしい光景である。どこで出会ったのであろうか？　わたしは、暫く記憶の中をまさぐった。

さまざまな形をした木々の葉や野草の群れを、夕暮れの陽の光が緑の明度彩度を浮き彫りにして、華麗なスペクタクルを見せている。

その緑の中に野草の花々が、さまざまな色の絵の具を飛ばしたかのように飛び散り、深紅、淡いイエロー、藍、オレンジ、白、紫、薄紅等々乱舞を見せている。

Renoir（ルノアール）であっただろうか？ いやそれともMonet（モネ）だろうか?? この、むせ返るような自然の命のときめきをカンヴァスに再現してみせたのは？？？

数年前、わたしは、ウイーンでKlimt（クリムト）の風景画に魂を奪われてしまったのを思い出した。

Cézanne（セザンヌ）の描いた*Mont Sainte Victoire*（モン・サン・ヴィクトアール）の自然の力を宿す凛とした神々しさでもなく、Van Gogh（ヴァン・ゴッホ）の『刈り入れを待つ麦畑』の不気味な静寂でもない。

Klimtの描く風景は、平穏と寂寥が同時に源泉となっている内的空間であった。静謐な自然は、人間の精神の、より深い内面における崇高なPathos（パトス）同様、内なる気高さを秘めているようだ。

Klimtの風景画には、意味のある人影を見ることができない。かつて肖像画家であったことを考えると、なかなか興味深いことである。そして、風景画を手がけたのは、人生の後期であることに、一人の人間としての魂の変遷を見ることができるのではないか？

第二次世界大戦中、ナチス・ドイツから忌まわしき退廃芸術と烙印を押されて、Klimtの絵は、かなりの数、焼却処分されている。その中には、モノクロ写真で残されている素晴らしい風景画も含まれていた。彼の人物画は、わたしの好みではないとしても、風景画さえも焼き尽くそうとしたヒトラーの狂気は、彼が若かりし頃に志した絵描きとしての挫折感が、一種の復讐心として成し得た業、としか思えない。

〝今日はFerragosto（フェッラゴスト）ですから、ディナーは大正餐です。お帰りは、お早めに……〟と、その朝、いつものように城を出ようとしていたわたしに、女主人は言った。

Ferragostoは、カトリックでは聖母マリア被昇天の大祝日で、8月15日である。わたしはその日、Gantkofelを縦走する予定であった。少しハードな計画ではあったが、天気予報では雨の心配もなさそうだし、かなり足慣らしも出来ていることから、午後5時には城に戻れるはずであった。

地図を綿密に調べ、案内書を注意深く読み、準備には万全を尽くした。たいそうな山に登るわけでもないのに、と人は思うだろうが、何を隠そう、わたしはかなり強度な方向音痴なのである。

Eppanから見上げる限り、Gantkofelの尾根は起伏が少なく、常にEppanを左側に見下ろすように歩けばよさそうであった。

わたしは息も絶え絶えになりながら、かなりガレた岩場をよじ登り、やがて目指す尾根の右側に辿り着いた。予想では、この岩場さえこなしてしまえば、後はかなり平坦な幅広い尾根歩きとなるはずであった。

さあ、ここからはEppanを左手に見下ろしながら、ゆっくりと歩けばよいのである。それでも念のために地図を広げ、辿るべきルートを確認して歩き出したのだが、思ったより樹木がうっそうと茂り、視界を遮っているので、予想に反してEppanを見下ろすことができない。わたしは、自分が歩いている山道の標識と、地図に記されているのとを見比べながら歩いた。誰にも出会うことはなかった。

そのうちに、木々がますます密集しているゾーンになり、空さえ見えない状態になる。

で、かなり退屈な歩きとなった。〝こんなことなら、尾根歩きなどするのではなかった〟とぼやいた。後戻りするのには、あのガレた岩場を降りなければならない。そんなことは、真っ平御免である。やはり前に進むべきだ、と結論を出し歩き続けた。

やがて少し下り坂に差し掛かり、暫くすると小さな池に出くわした。地図には記されていないほど小さく、池というより水溜まりと言ったほうがよさそうである。

正午になっていた。そこで、木の切り株に腰を下ろし、澄み切った池の水を飲み、昼食の包みを広げた。美味である。野原や山で食べる弁当は、どうしてこんなに美味しいのであろうか？

幼かった頃、疎開先の母方の祖母が、持ち山の杉林に連れて行ってくれた時に、木々のテッペンを渡ってゆく風の音を聴きながら、メンパ*3に詰めた自家製の甘味噌を塗っただけの麦ご飯を食べさせてくれた。それはとても美味しく、後年大人になってから味わった、ヨーロッパ各地の名だたるChefたちのメニューよりも、ずっとわたしの舌の記憶に残っている。

少し年下の従妹に〝山のご飯はとってもおいしかったよ〟と言うと、山に連れて行ってもらえなかった彼女は、〝どうしてわたしも連れて行ってくれなかったの？山のご飯が食べたいィ……〟と泣いたのを思い出した。

その頃三歳ぐらいだった従妹は、山の弁当は特別な料理だと思っていたようである。それにしても、今朝、山に入った時から、未だ人っ子一人出会っていない。Ferragostoとて、善男善女たちは、ミサに出かけているのだろうか？　わたしはといえば、歩きながらうわの空でロザリオを唱えるばかりである。

昼食を済ませてから地図を広げる。なんとなく不安が脳裏を掠める。確かに道の標識に従って歩いたはずなのだが……、しかし、道がある限りそれを辿ってゆけば、いずれ何処かに到達できるはずだと考えて、エエイ面倒な、と目の前の道を進むことにした。

やがて下り坂は尽き、再び登りになった。

その頃には、完全に道を間違えていることを確信するに至った。それならば、何処でもよいから人声のするところに出たかった。

そして、再度下り坂に差し掛かったとき、反対側から、声高にイタリア語で喋りながら登ってくるグループに出会った。

わたしは彼らに近づき、〝ここは何処ですか〟と聞いた。グループの初老の年長者が、にこやかに〝ここはVal di Nonですよ〟と答えてくれた。わたしが〝Eppanから来た〟と言うと驚いた表情で、〝おや、ドイツ語地区からですか、随分な道のりで！〟と呆れ顔で言った。

わたしは、都合、山を二つ乗り越えたのであった。つまりGantkofelの尾根を横切ってしまい、イタリア語地区のVal di Nonに来てしまったらしい。時計は16時を回っていた。もはや同じ道を後戻りすることは、絶対に不可能なところまで来ている。

イタリア人のグループが宿泊しているScoiattolo（スコイアットロ＝リス）という

ホテルが、30分ほど先にあるというので、そこまで行き、ホテルでタクシーを呼んでもらおうと考えた。わたしは、心身共に疲れ切っていた。

いざとなれば、そのScoiattoloに泊まってもよいとさえ思った。

南ティロル独特の、石壁と木で出来ているそのホテルは、うっそうと茂る樹木に囲まれていて、まるでお伽話の世界に引き込まれてゆくような錯覚をおぼえた。

わたしが手短に一部始終を説明すると、レセプションの男は〝それはお困りでしょう〟と言い、山の中のこととてタクシーなどは無いので、近くの村の知り合いに電話をし、事情を端的に説明して、わたしをEppanまで送り届ける交渉をしてくれた。

やがて20分もすると、その車はやってきた。

レセプションの男は、〝最短距離をとっても、一時間以上はかかりますから、Eppanの城に電話をしておきましょう〟と言った。

歯の浮くようなお追従や、不自然な敬語と間違いだらけの丁寧語の、慇懃無礼な紋切り型のどこかの国のオモテナシと自負するホテル業に従事する人間たちとは異なり、必要な時に必要なことを必要なだけ、一人の人間として、当然なこととして実行するのが彼らの信条である。

わたしの感謝の言葉に、彼は“No, No! è dovere!!（いえ、いえ、当たり前のことです！）”とにっこりした。窮地に陥っている人に手を差し伸べることは、人間として当然の〈義務〉である、そして自分がその役割を果たせたことに満足しているのであった。

ようやく城に辿り着いた頃には、既にダイニングルームに煌々とランプが灯され、正装した人々が控えの間でアペリティーフを楽しんでいた。古いティロルの楽器チターで奏でられるこの地方の民謡が、束の間、人々を優雅な過去の追憶へ誘っているようであった。

わたしが出迎えてくれた女主人に、遅くなったことを詫びると、彼女は、わたしを軽く抱擁し、〝無事に戻られたことが何よりですよ〟と言った。

大急ぎで部屋に上がり、シャワーを浴び、髪の毛は濡れたままで着替えをし、ディナールームに降りた。

いつもとは異なり華やいだ雰囲気で、テーブルの配置も替えられていた。女主人が案内してくれたわたしの席は、フランス語を話す年配の紳士の隣であった。後でわかったのだが、彼はスイス人で、ローザンヌから来た大学教授であった。

人々が着席するのを見届けてから、女主人はドイツ語、イタリア語、英語で挨拶し、ディナーは始まった。

通常、食事の時に音楽が流れるのを忌み嫌うわたしなのだが（わたしにとって音楽は、全神経を研ぎ澄ませて傾聴するものであって、何かをしながら聞き流すものではない）、しかしその正餐では、チターが奏でるティロルの古い民謡が、その夜の雰囲気に馴染んでいて、我ながら好ましく感じられたのには驚いた。

アペリティーフとして、慌ててすきっ腹に流し込んだシャンパンが、その日の山歩きの焦燥感で疲れ果てていた身体と神経をほどよく解きほぐしてくれた。そうなると、いささか錆びついていたフランス語が、思いのほかペラペラと舌先に出てくるのは不思議である。

で、隣の大学教授とは、かなり愉快な会話の運びとなった。意地の悪い隣国の人々からは、金勘定以外には能がない、などと揶揄されるスイス人だが、気の利いたウイットに富む人だっているのである。そして、フランス人たちが馬鹿にする、ゆっくりとした喋り方のスイスフランス語のテムポは、わたしには好都合なのである。

時折、開け放たれた大きな窓から心地よい夜の大気が流れ、大広間の蠟燭の灯を僅かに揺らす。

盛り沢山なディナーのメニューは、わたしの小さな胃袋では3分の1もこなすことは出来ない。そこで、わたしをよく知っているギャルソンを呼んで、〝それは2分の1切れ、これは1匙……〟などと注文すると、さすがの彼も頭を振り、ため息をつく。〝シェフが気を悪くしますよ！〟と言った。だが、ディナーを最後までこなすのには、それ以外の方法はわたしにはないのである。

隣のプロフェッサーといえば、筋肉質で細身の体格とお見受けしたが、たいそうな健啖ぶりで、次から次へ運ばれてくる料理を、こともなげに片付けてゆく。その間にParacelso（パラチェルソ）だとか、Jung（ユング）だとか、はたまたHillman（ヒルマン）などが飛び出して、お喋りは広がりに広がってゆく。

わたしは、半ば呆れ返って、しかしゆっくりだが途切れることのないフランス語に耳を傾けながら、“Mais non!” “Bien sûr!!” などと相槌を打ち、蠟燭の揺らぐディナーを、ゆったりとした気分で楽しんだ。

＊1　ダミジャーナ（Damigiana）：絞ったブドウの果汁を入れ、熟成させるための薦を被せた甕に似た大瓶。約5〜50リットルのキャパシティ。
＊2　Buchwald：山の名前。
＊3　メンパ：曲げわっぱ弁当箱。

二楽章　いざ里山へ

Andante（アンダンテ）

狂信的な思想に取りつかれた一握りの日本人たちによって、アジアは無謀な太平洋戦争に巻きこまれていった。戦争を仕掛けた国も仕掛けられた国々も、あらゆる方面において、今では想像すらし難いほどの悲惨な体験を余儀なくされたのであった。

その頃のわたしは、戦争の何たるやを理解するのには、あまりにも幼かった。

ある日、大人たちがひそひそと世界情勢を話し合っていたのであろうか、わたしが小耳に挿んだ会話の中に、頻繁にヒトラーという言葉が出ていた。それは彼らの話しぶりからすると、なにやら一種の獰猛で奇怪な動物のように、わたしには聞こえた。

大人たちの会話に、口を挿むことなど決して許されるはずもなかったのだが、強い好奇心に駆られたわたしは、その獰猛な怪物は、虎の一種ではないかと想像し、思わず〝ヒトラーさんにはシッポがあるの？〟と声に出してしまった。一瞬大人たちは絶句したが、次の瞬間、大爆笑となったのである。

ともかく、運命の皮肉とでも言おうか、幼いわたしは、母の実家のある山里に疎開する幸運に恵まれたのであった。

そして、多感な幼年時代から終戦後の数年間を、静かな山間の村で過ごせたことが、その後のわたしの感性に大きな影響をもたらすこととなった。

ヨーロッパに暮らして四十余年、ある日突然、日本に帰ろうという、それまで脳の片隅にさえ浮かぶことの無かった不可思議な感情が、わたしを襲った。

わたしは、東京に住む大学時代の友人に電話をし、日本の田舎に改造できる古民家を探してくれと言った。友人は、あまりにも唐突な話なのでびっくりし、〝気は確かか？〟と繰り返しわたしの真意を確かめた。

日本に住むならば、田舎でなければならないと、若い頃からそう決めていた。

しかし、何事も利便性をモットーとする工業デザイナーの友人は、どうしてもわたしの意図が理解できなかったようである。

彼は、〝あらゆる文明の便利さを捨てて、何故人里離れた不便極まりない田舎に住みたいのか〟と執拗に問いを繰り返した。

不必要な説明など、もはや、する気はなかった。で、友人が時々仕事仲間たちと田舎暮らし云々とやらで出掛ける、信州北部の知り合いを紹介してくれるよう頼んだ。彼から千曲川の畔の無人駅などの話を聞かされていたので、頭の中で想像が膨れ上がっていたのである。

そして、晩秋のある日、わたしは成田空港行きの飛行機に乗り込んだ。

中学生の夏休み中であっただろうか、初めて日本語訳の『博物誌（*Histoires naturelles*）』（ジュール・ルナール〈Jules Renard〉）を手にしたのは。それにはPierre Bonnard（ピエール・ボナール）の素描が所々にあった。

『博物誌』に現れる生き物たちの描写や、描き出される田園は、それらを鋭く観察しているルナールの孤独な魂を、わたしに感じさせるのであった。彼自身がその自然と同化して息づいている、そんなふうにわたしには感じられる。人間という不条理な生き物に必要以上に拘ることのない、偽りのない風景、それが彼の孤独を十分に満たしているのではないかと思う。それはまた、わたし自身の田園でもあった。
ある事情があって、幼年時代のわたしは、日々独りで過ごすことが多かったことから、山や川、うっそうとした森、そして誰もいない草原、其処に生息する小さな生き物たちや植物が無二の友達であった。おそらく、ルナールへの傾倒は、そうした幼年時代への郷愁なのであろう。

晩秋の北信濃は、美しく紅葉したブドウ畑や雑木林をまとった丘や山々が、束の間の色彩の饗宴で賑わっていた。案内をしてくれた友人の知り合いは、都市交流云々という団体に属しているというので、彼が常日頃都会からの観光客を相手にするような、こちらには全く興味のない妙な観光案内となったのであるが、それでも、車の窓から見える田園の美しさは満喫できた。古い木立に囲まれて見え隠れする大きな茅葺の民家、どっしりとした白壁の蔵、重厚な神社や寺、それらは、なだらかな起伏の広がるこの地方の秋の装いに見事に調和して、たいそう美しい。

こちらの長野訪問の目的を無視して、観光案内をトクトクとして続けるM氏に苛立ちを感じ、わたしは手短に、田舎暮らしを望む必要不可欠な条件を具体的に繰り返し伝えた。

理想としては、150平米ぐらいの平屋建ての古民家に隣接する小さな菜園、果樹園を持てる広さの土地等々を探してくれるようにお願いした。

M氏はいとも簡単に、今は地方都市の過疎化が激しく、空き家は沢山あるのですぐにでも見つかるような口ぶりであった。人脈を通じても探せるからなどと言うので、わたしはすっかり嬉しくなった。やはり土地の人だなあ、とM氏の横顔を頼もしく眺めた。

M氏は、奥さんと二人で減農薬有機栽培の農業を営んでいるとのことで、30年来ヴェジェタリアンのわたしとは、農作物育成に関して同じ考えを持っているようであった。

(しかし残念なことに、後になってそれは、氏が、ただわたしの意見に口裏を合わせていたに過ぎなかったことが解ってしまうのだが)

10年ほど前に、地方都市のサラリーマン生活を辞めて、夫婦共々奥さんの生まれ故郷に戻り、後継者がいないために放置されている農地を借り受け、無農薬の稲作や健康野菜の栽培に励んでいるとのことであった。

わたしは、ウキウキとした気分でスイスに戻る飛行機の中で、これから始まるであろう新しい生活を想像し、たいそう幸せであった。


スイスに戻ってから暫くして、M氏からファックスが入った。それによると、千曲川に面して畑のある築百年の民家が見つかった、ということであった。7年ほど住む人もなく、家主は東京に住んでいるとのことである。

わたしは直ちに、M氏に家主の意向と条件、そして土地の面積と家の見取り図をメールで送信してくれるようにお願いした。

その後、M氏はパソコンを手掛けないというので、ファックスでのやり取りが数回あってから、かなり具体的な話になってきた様子なので、先ずは自分の目で確かめ、家主に直接会う必要があると思い、日本に飛ぶことにした。

Sというその家主は、現在は東京に住んでいるということで、わざわざ長野まで出向いてくれた。

ＪＲ飯山線で長野駅から30分ほど、高野辰之博士ゆかりの地ということで、小さな無人駅に降り立つと『朧月夜』が流れる。そしてそこには、わたしが幼年時代を過ごした山里にそっくりな懐かしい田園風景が広がっていた。小さな集落を通り過ぎ千曲川に向かって畑の中の細い道を行くと、程なくして荒れ果てた農地に沿って平屋建ての古い農家が見えてくる。それがＳ氏の持ち家であった。

家の側面に接してゆるやかな傾斜の、かなり広い畑があり、その縁に立つと10メートルほど下に、ゆったりと千曲川が流れている。

川の向こう側は、人家の影もない、たおやかな緑の低い丘であった。わたしは、その自然環境にすっかり魅せられてしまった。

さて、肝心の家はというと、雪の多いこの地方でよく見かける、かつては茅葺であったはずの傾斜の強い屋根がトタンで覆われた、小屋組みという建て方（見取り図を作ってくれた兄の話）だそうである。屋内は、長年にわたる改造の形跡があり、せっかくの築百年の民家の美しさは希薄であった。

しかし、内部はすべて新しくするつもりであったので、屋根と柱さえ堅固であれば、それだけで充分である。薄っぺらな天井板をはがせば、太く頑丈な梁が張り巡らされているはずだ。しっかりとした建材で建てられた日本古来の民家の美しさを保ちながら、暖かく素朴な雰囲気が漂うスイスの山荘のような家にしたい、というのがわたしの狙いであった。

だが残念なことに、その後、家主側がさまざまな問題を抱えていたことが分かり、この物件は断念しなければならなかった。

〃なあに、この程度の家なら他にいくらでもありますよ〃というM氏の言葉に励まされて、わたしは気をとりなおした。が、ソレが大きな計算違いであったことに気付くのは、一年近く経ってからのことである。

その後、M氏とは何度かファックスでのやり取りがあり、適当な土地が見つかった、などといった連絡があったので、その度に日本に飛ぶことになった。M氏は〃いろいろな人脈を通じて探しましたので、それらの方々に以前私が頂戴いたしました、スイスの美味しいマロングラセをお持ち頂きたいのですが〃などと書いてくるので、常に10人分ぐらいのマロングラセやイースター近くには、バーニーチョコレイトやチョコレイトエッグ等でわたしのスーツケイスはいっぱいになるのであった。

M氏のお土産の要求は次第に増えていったが、肝心の物件の方は、いつの間にか、わたしが最初に伝えてあった条件とは似ても似つかない所ばかりである。その上、案内されて行ってみると、地主不明であったり、地主が分かっていても売る気のない土地であったり、およそ常識では考えられないような事態であった。しかし、M氏は少しも臆する様子もなく平然としていた。

そのようなことが二、三回続いたので、わたしはこれ以上無駄な費用と時間を費やすつもりはないので、きちんと地主が分かっていて、売る意思があって、値段は幾らか等、ごく初歩的な事がはっきりしている物件のみの連絡をくれるようにM氏に頼んだ。だが、その後も一向に変化が見られず、一年を過ぎようとしていた。業を煮やしたわたしは、はっきりとその種の業者に依頼すると、M氏に伝えた。

その頃は、現存の古民家を改造するという最初の案は放棄し、土地を購入し、古民家風の家を新築する案に方向転換していた。

M氏に関しては、その後もさまざまなトラブルがあったが、唯一感謝しなければならないのは、後に家を建ててくださった、K建設会社の社長を紹介してくれたことである。土地のイヴェントで知り合ったというM氏に紹介されたのは、最初に物件を断念し古民家風の新築にアイデアを切り替えた頃であった。

それまでは、古民家の改築は在ヨーロッパの日本人の建築家に依頼するつもりであった。

事実、最初の千曲川に面した古い農家は、その建築家にも見てもらったのである。お互いに長年ヨーロッパに暮らしているので、こちらからの余計な説明は一切不要であり、わたしが何を望んでいるのか、彼は即理解してくれた。そして何よりも、こちらの構想に彼自身、興味と共感を持ってくれたことが嬉しかった。

しかし、兄は見知らぬ土地に家を建てるのだから、その土地の人に依頼すべきである、と言った。確かに考えてみれば、家が完成してからも、さまざまな問題が生じる可能性があり、何かと土地の人の方が問題解決には便利である。そんな折、K氏を紹介されたのは全く偶然の幸運であった。

古民家の解体やその移築も手掛けているというK氏の仕事場に行くと、解体した雪国の築二百年の民家の太い柱や梁などが転がしてあった。それらの一つを指差しながら〝この梁などを使うと面白い家が出来ますよ〟と言うK氏の言葉に、わたしの想像は限りなく膨れ上がっていった。

一方、最初の物件探しから一年以上経った頃になっても、依然としてシャボン玉のようなM氏のとりとめもない話に、わたしが辟易しているのを見て取ったK氏は、〝こういっちゃ何だが、口先だけでは何も出来ませんよ〟と言った。

わたしの目から鱗が落ちた。そうなのだ！

うすうす気が付いていたにもかかわらず、なおM氏を信用しようとしていた自分の愚かさに呆れ返った!!　M氏は認知症の領域に入っていたのである。

結局、これが最後の切り札です、と勿体ぶってM氏が太鼓判を押した土地は、わたしも気に入ったのだが、例によって例のごとく具体的な進展を見ることはなく、K氏から〝あの土地は駄目なようです〟とメールが入った。

またかと思ったが、もはや腹をたてる気にもなれず、以前にK氏の紹介で見せてもらった、広すぎるので（９００坪）気が進まなかった所に心が傾き始めた。地主はK

氏の知り合いで、植樹するつもりだったそうで、〝買い手があれば売ってもよい〟とのことである。

勿論、K氏が交渉しておいてくれたからである。

わたしは、一大決心をしなければならなかった。先ず、わたし自身これ以上時間を無駄に出来ない状況にあること、そして多忙なK氏の仕事のスケジュールにわたしの家を組み込まなければならないこと、それらを考慮しなければならない。

わたしはK氏にメールを送った。

〝あの土地に決めます〟と。

最初の長野行きから実に3年が過ぎていた。その3年間に土地探しだけのために、わたしはスイス―長野を12往復したのである。


それまでの人生の半分以上をヨーロッパで過ごしたわたしには、日本の風習や常識などという感覚が全く欠けていた。

アジアの国々の中で、同国人に対し最も閉鎖的で排他的な気質を持つ日本人の、ましてや長野北部の田舎ともなれば、その土地に親族も知人も持たない人間は、地域の澱んだ平穏を掻き乱す招かれざる侵入者として見なされるなどとは、知る由もなかったのである。江戸時代ならともかく、もはや無数の人工衛星や宇宙ステイションなどが、頭上を飛び回っている21世紀ではないか！

土地を購入するにあたって、最も大きな障害となったのは、その閉鎖的排他的な地域の気質であることがわかった。

よく考えれば、先祖代々その土地に生まれ育ち、婚姻以外にはよそ者（と言ってもせいぜい隣村の）が入ってくることのなかった環境に住み続けている彼らにとっては、何処の馬の骨ともわからない人間が突然現れ、土地を買い、家を建て住み着くとなると、穏やかな気分ではいられないのは当然であろう。

いろいろな憶測から、まことしやかなデマが広がっていったようである。怪しげな宗教団体だとか……。

幸運にも、地主は同じ市内でも、そこからはかなり離れた地域に住んでいたので渡りに船と、話は進んだ。と言うのも、全てK氏のおかげであった。

その秋、わたしは多忙のためヨーロッパを離れることができなかった。で、書類手続きなどのしち面倒くさいことのすべてを、兄が請け負ってくれたのには、感謝してもし切れない。しかし、もし日本に居たとしても、情けないことにわたしは、この種の日本語がさっぱり理解できないのであるから、いずれにしても兄のお世話になったであろうことは確かである。さらに、身動きできない状態であったので、地鎮祭も兄夫婦にお願いする羽目になった。

かくして、ヨーロッパに居ながら、わたしは長野の家の建築状況を電子メールで追うことになるのである。

古民家風の新築に決めた時点で、わたしは大まかな平面図と間取りの図面を引き、K氏に送信しておいた。そして、ヨーロッパの古いカントリーハウスやコテイジのイマージュを理解してもらうために、ヨーロッパの専門誌や日本の古民家改築などの雑誌を多種提供しておいた。

何故そうする必要があったかというと、日本では西洋というとUSA一点張りになってしまうことが、しばしば他の分野においても起こることを知っていたからである。

あの軽薄なアメリカンスタイルは、全くわたしの意にそぐわないのだ。19世紀の彼らの大げさな建築物にしても、どこか薄っぺらで偽物めいて感じられるのは、歴史の浅さ故だけではない。

50年ほど前、ローマに暮らしていた頃、大学時代の建築家の友人がバルセローナからの帰りにひょっこり立ち寄り、学生時代のように芸術談義で一夜を語り明かしたことがあったが、その時彼は、〝建築とはその土地に建造物を建てるのではなく、土の中から生えてこなければならないのだ、ということをGaudíの作品を見て痛感させられた〟と言った。

数年後、偶然スイスのMario Botta氏のアトリエを訪問する機会に恵まれ、氏の案内でルガーノ近郊に点在する氏が手掛けた個人の家を数軒見させてもらったが、その時氏は〝建造物というより、その建造物がかもし出すであろう空間の美をわたしは重要視します〟と言ったことが、印象深かった。

その数年後、氏が改築を手掛けたミラノスカラ座の正面を、市庁所広場から見上げると、実に見事な空間の広がりが生み出されているのに感服させられる。勿論、保守的なミラノ人の中には、改築前の方がよかったなどと言う輩もいるのだが……。

しかし、わたしの個人的な好みから言わせてもらうと、建造物は、それを取り巻く環境を含めたすべてが、無理なく美しく調和していなければならない。

わたしを魅了してやまない築数百年の日本の民家やヨーロッパの古い田舎家、それらはその地の気候、風景、人々の風習、生活様式等のすべてに調和し、呼吸しているかに見える。

ある日、長野の美しい田園風景の中に灰色の無機質の、コンクリートの円筒形のような奇妙な物体を見つけた。それは美しい風景をぶち壊しているだけではなく、それ自体の醜さを強調しているようである。ある著名な日本人建築家の作品なのだそうだ。必要以上に自己主張しているその醜い建造物は、それを取り巻く環境を完全に無視し、調和を乱していた。自然を冒涜しているとしか思えない。

彼は、そんなものを本当に美しいと感じているのだろうか？　わたしは、その建築家の美意識に疑問を持つ。

無謀で愚かな太平洋戦争に突入していった軍国主義の日本は、USAに無条件降伏しなければならなかったのだが、その後、軽薄なアメリカ文化の導入を余儀なくされる羽目にも陥ったのである。日本文化とは全く異なる多種多様民族によって形成されたアメリカの軽薄な移民文化が日本に上陸すると、お先走りした輩たちは、自らの血の中に流れている文化の重みさえも否定してしまった。

ではヨーロッパはどうかというと、同じく苦い敗戦を味わったドイツ、イタリアは、終戦直後はともかく、時間の経過とともに本来の姿を取り戻すようになっていった。それは、何千年という時の流れの中で、良きにつけ悪しきにつけ培われてきた、民族の精神の重み故なのではないか？

最初に家の設計をお願いするつもりであったヨーロッパ住まいの日本人建築家が、残念ながら日本で仕事をする度に悲しくなる、と嘆いていたのを思い出す。

現代の日本人の多くは、家、つまり自分の住まいが持つ意味を熟考せず、所かまわずバービードールハウス紛いの家を建てたがる、ということである。さらに、○○ハウスなどという所謂ハウスメイカーが、軽薄な人間たちの虚栄心を煽ぎたて、夢の北欧スタイルとか憧れのデンマーク建築とか、およそ日本の気候風土には適さない、さらにいうならば、施主の生活様式や習慣を完全に無視した家造りをけしかける。それらの家が、周囲の環境に調和しないのは言うまでもない。

紅葉した蔦の這う白壁に、西陽が射している晩秋の古い農家は、一瞬はかない賑わいの秋という季節の、日本でしか味わえない美しさの象徴である、とわたしは思うのだが。あの美しさは、まさに日本の里山でなければかもし出せない秋の詩なのである。

常に国際都市か大都市に暮らしてきたわたしが、何故日本での田舎暮らしを望んだかと問われれば、答えは唯一つ、人間という理不尽な生き物に少し距離を置いて、悪意のない心静かな生き方をしたい、それだけのことなのである。人間界の喧騒に、そしてその中に生きる自分に、わたしは疲れ果てていた。

人は、訳もなく独居や孤独を恐れる。が、独居は〈己〉のみで満たされる至福の環境ではないか？　なれば、無想の静謐の中に現れては消えてゆく創造主の業は、望まんとする、わたしの最上の道標となるのである。

わが山荘は、東に山を控え西の彼方に飯綱山を望む、広葉樹や竹林に囲まれた小高い土地に、筍のように生えなければならない、わたしはそう思った。

この土地を取り囲む自然環境や視野に入る古い民家との調和を考えれば、当然外観は、目立たないごく普通の、古くからある木造の日本家屋でなければならない。ひょっとしてツバメたちが巣を作りに来るのではないかなどと夢見たが、これはわたしの無知さ故のことで、田んぼが近くに無いこの辺りに、彼らは飛行中の虫を追って飛んでは来ても巣を構えることはないであろう。

ところが、最近になって、欅の苗木をもらいに竹藪の向こう側のT氏の家に行くと、玄関のラムプの上にツバメが巣を作って子育てをしているではないか！

我が家では、ツバメならぬスズメたちが、薪小屋の屋根の入り組んだ所に巣を作り、子育てを始めたらしく、時々奇妙な鳴き声が聞こえてくる。まあ、ツバメでなくともよいではないか、などと呑気に構えていた。ところがある朝、肝がつぶれるような事件が起こったのである。

薪小屋の近くのニセアカシアに朝日が射し込み始めた頃、スズメたちがいつになくけたたましく騒ぎ立てているので行ってみると、其処には結構な大きさの青大将がスズメの巣を狙って薪小屋の壁を這い上がろうとしているではないか！　咄嗟に、わたしは手にしていたスコップの頭で、力を込めて忌まわしいヘビの頭を強打した。彼は、格別驚いた様子もなく、ニョロニョロと草むらに姿を消した。後は、暫くわたしの足がブルブルと震えているのだった。

ヨーロッパ住まいの方が長いわたしは、日本式に正座することができない。故に日常生活は、すべてヨーロッパ様式である。必然的に生活空間もそれに準ずることになる。

あのどっしりとした、どこかに無駄のある（つまり遊びのある）古いヨーロッパの住まいの造りは、わたしを心地よくゆったりとした気分にさせてくれ、何よりも無条件に安心させてくれるのだ。

何々モドキ、という言葉があるが、現代の日本にはそのモドキが氾濫している。モドキは〈擬〉と書くそうだが、今日の日本では、何処に行ってもモドキでないものに出会うことはたいそう難しい。そして、それらしく装った擬者偽物が、日本の文化になりつつあることは、まことに忌々しき次第ではある、などと20世紀人のわたしは思う。

残念ながら、そのモドキ文化は信濃の国にも浸透していて、素晴らしい凛とした佇まいの古民家があると思えば、その傍に背筋が寒くなるようなお粗末なモドキ洋館が建っていたりする。その家からは、バービードールさながらの衣装を身にまとって、恐ろしく不格好な脚を誇らしげにむき出しにして現れるモドキ少女、それを追って娘とほぼ同じ格好の年齢不詳のモドキ母親が出てきたりするかと思えば、時にはアメリカの西部開拓時代の女たちが冠っていたような花柄の暑苦しい頭巾を冠ったモンペ姿のおばあさんが現れたり、野良着の老人が庭先で放尿していたりする。

モドキといえば、最初に長野を訪れた秋に奇妙な光景に出くわした。それは、広大なブドウ畑に囲まれた西洋風の大きな山小屋スタイルのレストランであったが、妙な位置におよそ周囲の雰囲気にそぐわないとんがり帽子のチャペルの真っ白なプロテスタント教会がぽつんと建っているではないか?!

それは、わたしの目には、実に不調和な奇妙な光景として映った。近くには民家らしき建物は見当たらず、信者たちはどこからやって来るのだろうか？　わたしは不思議に思い、たいそう好奇心に駆られた。

後に判明したところによると、経営者は都会出身の夫婦が経営しているワイナリーで、とんがり帽子のチャペルはモドキキリスト教の結婚式用で、夫婦のどちらかが牧師なのだそうである。つまり、その真っ白な教会でモドキキリスト教結婚式を挙げ、そのレストランで披露宴をし、其処のワインで祝福の乾杯をするという仕組みなのである。

ワインはというと、何やらフランス語風に聞こえるネイミングなのであるが、冒頭の聖人か、或いはそれに因んだ地名（例えばサンフランシスコ＝聖フランシスコ）で、〈聖〉がついている。しかし、其処に使用されている〈聖〉に続く個人名の聖人がキリスト教の歴史上存在していた、という記憶がわたしにはない。フランス語風に書かれたそのスペリングをよく見ると、どうも経営者の苗字をもじったもののようである。自らを聖人に仕立てて、さらに驚いたことには、案内のチラシには新約聖書の中のイエズスの言葉が広告さながらに記されていた。モドキもここまで来ると、なにをか言わんや、である。

カトリックというキリスト教の一派に属するわたしにとっては、信仰さえも商業に乱用されている、悪気はないとしてもその軽薄さに、不快感を拭い去ることはできなかった。

かつて、ファッションのパリコレクションで、その頃シャネルのアトリエ主任デザイナーであったカール・ラゲルフィールド氏が、イスラム教の聖典コーランの一句を刺繍したドレスをショウで発表し、イスラム教徒から猛然と抗議されたことがあった。当然デザイナーに悪意は無かったのだが、彼とそのドレスを纏ったモデルは命を狙われる騒ぎとなり、結局、平身低頭謝罪したことで決着はついたのであった。

安易に宗教に触れることは、やはりその宗教の信者にとっては、冒涜となることだってあり得るのだ。

スイス人の友人によれば、スイスの山の教会で結婚する日本人のカップルが、かなりいるそうである。勿論にわかモドキクリスチャンが大多数だが、ある時、その友人が不思議そうに質問してきた。〝どうして日本人は信じてもいない神様の前で、永遠の愛を誓えるのか？〟

さて、わたしの家はというと、着工したばかりのある日、K氏からメールを受信した。

それによると、その地域の班長Uという元自衛隊員の男から前の地主に電話があり、施主からの挨拶がないとはどういうことか、とのことなので、建設会社と施主のわたしの名前で酒を2本届けておきました、と記されていた。

わたしは仰天した。わたしが自分の金で合法的に土地を買い家を建てるのに、何故無関係な人間に酒を届ける必要があるのか？　ヤクザの集落なのだろうか⁇　家は未だ基礎工事の段階で、施主はヨーロッパに居るのだ。

家が完成し、施主のわたしがその家に住み着く段階になってから、近所に挨拶回りをしようと思っていたのである。

そうなると、わたしの臍は曲がる。

そうか、それならば総刺青ならぬ、元自衛隊員の国家公務員のと、何ということもない旧肩書きをひけらかして脅しをかけてくるような輩は、後で容赦ないわたしの攻撃の標的となるのである。

長年わたしが住んでいるヨーロッパでは、公務員といえば、よほど情熱を持ってその職種を選んだ人々はともかく、大体が地方の子沢山の貧乏家庭の口減らしのためが多く、従って無知無教養な人間たちが大部分を占めている。特にラテン系の国々やアフリカにはその傾向が大である。国際空港のパスポート監査や税管理に至るまで、国家公務員という肩書きを笠に、横暴な態度をとる愚か者が決して少なくない。イタリアの国際空港を利用する度に、彼らの態度や発音から圧倒的に南部出身者であることに気付く。入国しようとする外国人に対して、時には笠をちらつかせながら無法な要求をし、持ち込み禁止物を所有している同国人からは賄賂を請求して通関の便宜を図ったりもする。

最近の日本では、そのような光景は見られなくなったが（むしろ現在は気持ちが悪いくらい低姿勢な態度である）戦後何年かは、ハワイや南米に移民していた人々が一時帰国すると、羽田空港などでかなりひどい扱いを受けていたようである。

80歳を超そうというこの元自衛隊員は、おそらく戦時中のオイコラ警察官の類いなのであろうと思われる。つまり職種や社会的地位を笠にしなければならないほど、一人の人間としての自覚もなければ誇りも無いのである。

某国においては、地方議員から国会議員に至るまで〈先生〉〈何が先生なのかわたしには全く解らない〉と呼ばれ、反り返っているのがそのよい例である。先生と呼ばれるほどの馬鹿でなし、とはよく言ったものだ。輩どもは、〈重税に苦しんでいる国民に飯を食わせてもらっているのだ〉ということを思い知らなければならない。

シキタリという名の下で、日本には家を建てるに当たって、着工前から完成後に至るまでさまざまな儀式があるということを、わたしは知らなかった。少なくとも知る限りヨーロッパでは、基礎工事が始まる前に教区の司祭に祝福をお願いするだけである。それさえしない人だっている。

ソレ地鎮祭の、ヤレ棟上げの、ソレ何々のと、節目ごとに建築に関わる人々の酒宴は開かれるようである。それらのたいそう面倒な諸事を、施主のわたしは地球の裏側に居ることを理由に、総て兄にお願いしてしまった。

理と情を分離させて物事を処理する西洋的習慣が身についているわたしにとって、理と情が曖昧に入り組んで必要以上に物事を煩雑にする日本人のメンタリティーにはついてゆけない。生来面倒臭いことが苦手な上、かなりセッカチな性格も相まって、複雑怪奇な日本的トラブルが生じると、わたしは直ちに全てを放り出してしまう。

しかし、今回に限って、それは許されないのである。何しろ自分の終の棲家のことなのであるから。兄には再三、〝何があっても頭を下げておきなさい〟と言われていた。彼は、些細な事でも理にそぐわないことがあると、直ぐに理屈をこねて議論を吹っ掛けるわたしの癖を見越しているのである。〝ヨーロッパにいるようにはいかないのだぞ〟と不服顔のわたしに兄は何度も言った。

ＰＣのおかげで、工事の状況の写真が電送され、その進行具合を追うことができ、わたしはたいそう満足であった。

しかし、いくら山小屋風とはいえ、内部は完全なヨーロッパスタイルの家を取り扱ったことのないＫ氏が疑問に思う、わたしの数々の注文については、やはり実際に会って検討する必要がある。電子メールのやり取りだけでは不十分である。それは、わたしにとって建築上常識であることが、Ｋ氏にとってはそうでなかったり、またその逆もあったりするからである。

当初は、大部分の日本人がそうであるように、K氏の頭の中は西洋＝USAとなっているようであったが、ありがたいことに、彼の優れた感覚がこちらの描くイマージュを要領よく感知してくれた。とはいえ、やはりこの目で確かめる必要がある。結局、家が完成するまでに、わたしは三度ほど日本に飛んだ。

心の中では、大よそ7～8割程度こちらのイマージュが実現されれば、と思っていたのだが、行く度に細部に多少のくいちがいは有ったものの、わたしの意図が9割近く実現されていたのには驚嘆した。やはり物造りには、鋭い感覚と技術を伴った創造性が絶対に必要なのである。K氏は、わたしが愛する雪国の古民家の空間の美とその合理性を熟知していて、見事な空間を作り出してくれた。

着工してから約8カ月で、家はほぼ完成した。その間、わたしはヨーロッパからの引っ越し荷物の輸送準備にてんてこ舞いしていた。運送会社からは、日本国での通関手続きの書類を準備せよとのメールが入った。

日本のように引っ越し業者などないスイス国では、全て自分で用意しなければならない。

溜まりに溜まっていた蔵書をカテゴリー別に仕分けし、単価も明記せよとのことで、わたしは気絶しそうになった。大半が専門書で、ドイツ語、フランス語、スペイン語、イタリア語、ヘブライ語、英語等々、それらの国々で出版された、しかも古書が多いのだ。

さらに驚いたことには、自分が書いた未発表の原稿一枚一枚に関税が掛かるというのである。何故に？　原稿の中には大学院修了論文の下書きなども混ざっているではないか、そんなものまでに何故関税を掛ける必要があるのか？　日本とは不思議な国である、とその時思った。

とどのつまり、泣く泣く蔵書の三分の二は断念しなければならなかった。全部の仕分けをする時間が無かったのである。

わたしにとって本は、幼年時代から命の次に大切であった。一冊一冊にそれを手にした時の思いが込められていて、鮮やかに記憶が蘇ってくる。たとえ荒唐無稽な学術書であっても、その時何を考え、何に共感したのかが、鮮明に浮き上がる。幼い、或いは若かった頃の純粋で未熟なわたしの魂の足跡なのである。

それらを失うことは、魂の一部を削ぎ取られる思いであった。

かつて、父の死の知らせを受けて、渡欧9年目に初めて帰国した折に、幼年時代から青春時代、そして渡欧までに愛読した書籍を大切に保管しておいた大きな茶箱の封印が破られ、無残にも大部分が紛失しているのを目の当たりにした時のショックを忘れることができない。わたしの幼年時代と青春は、それらの書籍共々、無神経な人々の手によって永久に抹殺されてしまったのである。


やがて家は完成し、ヨーロッパからの引っ越し荷物も無事新居に搬入されていた。たいそう拘りを持ってフィレンツェ郊外の工房で特別に焼いてもらった陶器の薪ストーヴも、昔からそこに居たかのような顔をして、居間の北中央に鎮座していた。

K氏が家の見学会をしたいというので、その時期に合わせてわたしはスイスを発った。

実は、その見学会なるものが何なのか、わたしは全く知らなかったのである。

お互いのプライヴァシーを尊重するヨーロッパでは、第三者に家を公開するなんてことは、絶対にあり得ない。せいぜい親しい友人を招いてパーティをするくらいである。

兎にも角にも、見学会は9月初旬、二日間にわたって行われた。二日目に、例の元自衛隊員Uが尊大な態度で現れた。身体つきだけは立派である。

〝班長のUだ〟

来たなっ、とわたしは内心ニンマリした。

〝これはこれは、ようこそお出で下さいました、さあ、お入りくださいい〟

驚き顔のU。〝あっ！　お施主さんですか？〟

その日わたしは、真っ白なチノパンツにエミリオ・プッチのカラフルなカフタン*4をはおり、同じくプッチのビーチサンダルという明るく派手なイデタチであった。背筋をピンと伸ばし、余裕をもってにこやかに（つもり）。

〝はいそうです。さあ、お入りくださいませ〟

この類いの輩の前で、ある種のペルソナージュを演ずるのは、雑多民族の中で40年も揉まれてきた者にとっては、赤子の手を捻るより簡単なことなのである。その上、わたしはたいそう残酷な皮肉屋なのだ。

ぶざまに変形した履物を脱ごうとするUに向かって、

〝いえいえ、お履物はどうぞそのままでお入りください〟

〝いえ、それでは失礼ですから……〟

〝とんでも御座いません、わたしの家はみなさまに、そのようにして頂いておりますので……〟

Uが場違いの居心地の悪さを感じているのを見てとったわたしは、居間の大テーブルで酒盛りをしている人々に向かって大声で言った。

〝こちらは、この地域の班長さんだそうです〟

それから彼を居間に招じ入れ、我が家に来る前に地域の会合とやらで、すでに酒を飲んだのであろう、少々酒気を帯びているUに、地元のワイナリーの不味いワインをたっぷり注いだグラスを差し出した。

そして、わたしはゆっくりとテーブルを回りUの真正面に座り、真っ直ぐに彼の眉間に視線を集めた。意識的に強く見据えると、Uは慌てて視線を泳がせる。わたしは腹の底でせせら笑った（愚か者めが！）。

〝それで、どういうご用件でしょうか？〟とわたしは何食わぬ顔で視線を外さない。

〝いえ、その……、見学会という看板をそこの道で見まして……、それにお施主さんがおいでとは知りませんでしたので……〟

〝ワタクシがその施主です。なんでもおっしゃってください〟

〝まあまあ、過ぎたことは水に流しまして〟

〝おや？　過去に何か不測の事態でもございましたのでしょうか⁇〟とわたしはイジメの快感を味わっていた。

日本のラジオやTVで、時々都会人の〈田舎暮らし〉の体験をテーマにしたドキュメンタリーが放送放映されるが、それによると、なにやらお伽話さながらのハッピーエンドスタイルで、田舎の人々は純朴で、善良で、親切で……、という紋切り型である。わたしは首を傾げる。本当にそうだろうか？

わたしの経験から言わせてもらえば、必ずしもそうとばかりは言えないのである。

事実、Uのような愚か者もいるし、厚顔無恥な田舎源氏もいるし、都会人などには想像もつかない田舎者特有の狡猾さを秘めている人間も、決して少なくないことに気付かされる。

要するに、都会であろうが、田舎であろうが、はたまたヨーロッパであろうが、アフリカであろうが、箸にも棒にもかからない人間たちは、何処にでもいるのである。ゆえに、田舎は正直で親切な人々が暮らしている楽園のようなところ、というオトギバナシを信じ込んではならない。

こうして、わたしの〈ドタバタ田舎暮らし劇場〉の幕が切って落とされた。

＊4　カフタン：中東の女性が身にまとう薄い布地のゆったりとした衣類。これにヒントを得たトップデザイナーたちが、カラフルな柄でビーチウエアーとしてデザインしている。

三楽章

樅ノ木の家から

Allegro ma non troppo（ほどほどに陽気に）

夕立

裏の林でヒグラシが鳴いている。

先ほどまでの強烈な太陽が、分厚い黒雲に隠され、時計は午後4時を回った。不気味な無風状態である。恐ろしいような雨を運んでくる夕立の、前触れであろうか？

書斎の西側の窓辺に立って、わたしはさっきまで真正面に見えていた飯綱山の辺りを見やった。何も見えない。遠く千曲川の辺りまで雨の白い壁となっているらしく、それが速度を速めてこちらに迫ってきている。

と、突然、ドタンバタンと雷鳴が大気を裂いた。

〝あめ様のお通りじゃ！〟宗達描くところの雷神が、牙をむき出してニタリと笑っているのが一瞬見える。わたしは、慌てて窓際から身を引いた。

突然、空の裂け目から滝水が地上に打ちつけられ、３メートル先の芝生が瞬く間に見えなくなってしまった。

〝ドタンバタンドドドドーッ〟

今日は特別な大太鼓を打っているらしく、雷神の力の入れようは、いつになく凄まじい。

よほど興に乗っていると見え、乱打のシンバルが時々加わる。

地上の生き物たちが恐れ慄いているのを、彼は楽しんでいるに違いない、その威圧的なエキシヴィジョンは益々激しくなってゆく。

今日は風神の競演が無いので、雷神の独壇場である。

わたしは台所に回って、恐るおそる小窓から外を覗く。家の北側から見える農道の坂が濁流と化して、恐ろしい勢いで下の集落に流れ落ちていくのが見えた。

数時間前に刈り取られた道端の雑草が、激流に翻弄される筏のように押し流されてゆく。鼓膜が破れそうなシンバルの連乱打。

しかし驚いたことに、激しい雨音と雷神のパーカッションの合間を縫って、蝉の声が、負けじと聞こえてくるではないか！　短い命の彼らにとって、尊大な雷神の脅かしなどにひるんでいる余裕はないのであろう。

やがて、太鼓の音は急速に迫力を失い、雷は足早に遠のいていった。

あとは、雨だけがその勢いを弱めることなく、滝のように降り続けている。が、それも長くは続くまい。

そして雲が切れ、そこから黒姫山の左肩に、ひょっこり太陽が洗いたての顔を見せるかもしれない。その時、透き通った斜めの陽射しが、豊かな緑の饗宴を、いっそう鮮やかな装いにしてくれるであろう。

カラスとシェイクスピア

予定していた広さの、倍近い土地を買う羽目に陥ったために、初めからその管理は、たいそう困難を極めた。

春から秋にかけての雑草の繁殖力は、恐ろしいほどである。未経験のわたしなどには、とても独りで刈り取れるはずもない。わたしは、今の今まで、草刈り機なるものを手にしたことなどなかったのである。

毎朝、目覚めと同時に寝室の窓から眺める雑草の、たった一夜の驚くべき成長ぶりには、恐怖さえ覚えた。そこで、無い知恵を絞りだして考えた末、西側のかなり広い面積を、芝生で覆うことにした。そうすれば、毎朝恐ろしい思いをしなくて済むであろう、との魂胆であった。

ところが、である。芝とて雑草と同じで、根付くとグングン伸びる。伸びれば、刈らなければならない。さらに、風に乗って飛来したのか、小鳥の糞に含まれていたのか、忌まわしい雑草の種が、芝生に定着し発芽している。真にケシカラヌ輩たちである！

今度は、芝刈りに追い回される羽目になった。

かつて、ミラノに単身赴任していた、ドイツ系の会社のイタリア支社長であった、ドイツ人の知り合いが、夏の間は、毎日曜日庭の芝刈りをしなければならない、と嘆いていたのを思い出した。

早朝、慣れない手つきでぎごちなく芝刈り機を操るわたしに、〝ご精がでますなァ〟などと、通りすがりの村人がからかい半分に声をかけていく。それもそのはず、わたしが芝刈り機を操っているのではなく、芝刈り機がわたしを翻弄しているのである。これはなかなかの力仕事で、30分も続ければ、ヘトヘトに参ってしまう。わたしは観念し、助っ人を雇うことにした。

それにしても、芝生の面積が広すぎる。

芝を張ってくれた人は、〝この辺りに、こんなに広い芝生は見当たらない、ゴルフの練習が十分に出来ますよ〟などと言った。彼はゴルフマニアなのであるが、生憎わたしには、そんな趣味は無いのである。

二度目の春が巡ってくると、わたしは未だ新芽を吹いていない芝に火を放ち、前年の枯れた芝生を焼き払った。それから、所々の根を掘り起こし大きな穴を開け、落葉樹を植える準備に取り掛かる。行く行くは落葉樹をたくさん植え、雑木林にしたいのだが、とり合えず雑草おさえにした芝生に、毎年気に入った木々を少しずつ植えるつもりなのである。花の咲く木を植えるつもりは毛頭なく、緑のグラディションや葉のフォルムや樹形を楽しみたいので、手をかけなくても、勝手に成長してくれる野趣の木々を植えるつもりであった。何を隠そう、わたしはたいそう怠け者なのである。

しかし、園芸に関する深い知識などあるわけもなく、先ずは、ある有名な種屋の通信販売の会員になって、勉強させてもらうことにした。その会社は、毎月植物の種や苗のカタログを配布していたが、それを見ているうちに、だんだん花の咲く木も良いではないかと思うようになっていた。

野趣の庭にするつもりだったので、バラなどは脳の片隅にもなかったのであるが、ある時、バラを特集したカタログの中に〈ウィリアム・シェイクスピア２０００〉と名付けられている暗い赤紫のオースティンのバラが目に留まり、妙に魅せられてしまった。

前の年に、庭先の東屋の一角に、ロココというあまり手のかからない蔓バラを植えたのであったが、バラはそれ一本だけにするつもりであった。バラは手が掛かりすぎる、と怠け者のわたしには先入観があったからである。それに、あの取り澄ました、見事な巻きと花弁の反り具合を誇るクラシックな種類は、わたしの好みではない。シングルのひらひらした花弁のものや、少々だらしなく不定形でボサボサしているのが好きなのである。

ともかくW・シェイクスピアは、わたしの魂をゆさぶった。その神秘的な深い色、数え切れないほど折り重なった不定形の花弁の襞が、わたしの描くシェイクスピアのイマージュに重なって、わたしを虜にしてしまったのである。

何が何でも入手しなければならない、と気が逸った。

そして、11月のある日、W・シェイクスピアの若木は我が家にやってきたのである。わたしは慎重に荷を解き鉢に植え替えて、来春芝生の庭に穴を掘り地植えするまで、冬の間プラスティックシートで囲いをしてある南側のパーゴラに安置した。このパーゴラのビニールハウスは、直接書斎から出入りできるので、雪や厳寒に弱い植物を避難させて面倒を見るのに、たいそう好都合なのである。

少し春めいてきたとはいえ、外は未だ雪に覆われている頃、W・シェイクスピアは、小さな枝に芽を吹き始めた。南向きのビニールハウスの中は、晴れた日はかなり温度が上がっている。雪解けが待ち遠しかった。

やがて、地上の雪がすっかり消えた4月になってから、わたしはW・シェイクスピアを居間の窓から見える位置に植え付けた。突然の環境変化にショックを起こさないように、ぐっと気温の下がる夜は、大きなプラスティックのドーム型の霜よけを被せることを怠らなかった。5月いっぱいは遅霜に注意しろ、と土地の人たちに言われていたからである。

北側の農道の少し先に、背丈の低い雑木や雑草に埋もれて崩れかけている、小さな祠がある。古い地図を見ると、太子屋敷跡と記されていて、年代物と見受けられる立派な樹木が、遠巻きに立ち並んでいる。〈太子さん〉とその土地の持ち主は呼んでいるが、史実は誰に聞いても解らない。

その〈太子さん〉の立派な木立に、庭の雪が消えたある朝、数羽のカラスがやってきた。

その中の一羽が、我が家の電線の引き込みの電信柱にとまりガウガウと騒ぎ立てる。

ひどい声である。彼（彼女）の蛮声に、姿は見えないが木立のカラスどもが、すかさず応答する。いずれ劣らぬ蛮声である。その騒々しさは、時間が経っても一向に収まる様子はなく、わたしの神経は次第に苛立ってゆく。

ついに堪忍袋の緒が切れて、台所の窓越しに“Silenzio!（静かにしろ！）”と怒鳴った。

わたしとてその気になれば、彼らの蛮声に負けないくらいの声量はあるのだ。すると一瞬シーンとなった。声の主が見当たらないので、電信柱にとまっているのがキョロキョロ辺りを見回している。少しすると、木立の方からこちらの反応を試すかのように、遠慮がちな控えめな声で、〝カァーゥカァーゥ〟とあった。すかさず、わたしは追い打ちを掛けるように“Silenzio!”と怒鳴る。

そんなことを三度ほど繰り返してから、わたしは庭に出た。

電信柱のカラスはなかなかのしたたか者で、わたしなど眼中にない様子で、遠くの山々を眺めているふりをしている。

そのうちに木立のカラスどもに争いが起こったのか、翼が激しく木の枝に打ちつけられる音や、ガ、ガ、ガ、ガ、ギャオギャオギャオと、聞くに堪えない蛮声を張り上げて、大騒ぎが聞こえてきた。

電信柱のカラスは大急ぎで木立に向かって飛んで行く。わたしはゆっくりと肺いっぱいに息を吸い込み〝ウ、ル、サアーイ！〟と、声の限りに怒鳴った。

すると、騒動は嘘のように静まり、彼らは、木立から一斉に飛び立っていった。

ヤレヤレ、わたしは、オリンピックの優勝者のように膨らんで満足であった。後は、天空を舞うのんびりとしたトンビの声や、ボォボォボォーと間延びした眠そうな山鳩の声が、森の奥から聞こえてくる。

カラスどもは、毎朝決まった時間にやって来た。〈太子さん〉の木立に陣取り、なにやらガサガサやっている様子であった。時々鼻にかかった、妙に甘ったるい声が混ざったりする。それはなんとなく人間めいていて、気味が悪い。何をするのにも、粗野で不器用な彼らのこととて、騒々しいことこの上ない。

わたしはバラの手入れをしながら、木立の中でもひときわ大きな老木の、葉の茂みの中から聞こえてくるドタバタ騒動に呆れ返った。

やがて、一定の時間が経つと、何事もなかったかのように彼らは一斉に飛び立ち、100メートルほど下の杉林に居場所を移す。そこでも一時騒ぎ立てているが、暫くすると、その騒ぎも聞こえなくなる。何処かへ場所替えしたのであろう。彼らの移動コースは決まっているらしい。里山に静寂が戻る。

カラスどもが〈太子さん〉にやって来るのは、毎朝10時頃であった。やって来ると、きまって一羽が電信柱にとまり、暫く見て見ぬふりをしながら、芝刈りをしたり、バラの手入れをしているわたしの行動を観察しているようであった。それから、いつものように、例の騒動が始まる。

W・シェイクスピアは、ぐんぐん育っていった。一緒に購入した半蔓性のブルーフォーユーもたいそう元気で、この調子でゆけば、6月頃には最初の開花が見られそうだ。

バラは5月の花、とヨーロッパでは言われるが、春の遅い北信濃の山の中腹では、6月を待たなければならない。

冬中枝にしがみついていた木々の芽が、少しずつ膨らみ始める頃になると、さまざまな鳥たちが、わが庭にやって来る。早朝、未だ枯れている芝生の上を、右往左往しながら餌探しをしている彼らの姿を、居間の窓から観察するのは愉快で楽しい。鳥類の勉強をしたことがないわたしには、彼らの俗名も学術名も知る由もないのであるが。

たいそう美しい水色の長い尾をもった一群れが、最初に舞い降りて庭を占領する。引き込みの電線には、すこし丸く膨らんだ格好の群れが、水色オナガの挙動を見ながら待機している。日和見主義の小さなスズメたちは、オナガの群れに入り交じって芝生を啄んでいる。かなり深く嘴を芝生に差し込んでいるところを見ると、芝の根元の地中に、まだ冬眠中の虫の幼虫でも見つけたらしい。

やがて、オナガの一羽が下方の竹藪をめがけて飛び立ち、それに続いて一羽、また一羽、そして一羽と飛び去り、最後は一斉に残党が従っていく。竹藪の中から殺戮でも起こっているかのような、恐ろしげな蛮声が聞こえてくる。

あの美しい水色の姿には、似ても似つかないオナガの鳴き声である。後になって知ったのだが、美しい水色のオナガドリはカラスの親戚だそうで、さもありなん、とわたしは納得したのであった。

オナガドリが飛び立つと、スズメたちは驚いてさーっと飛び上がり、近くの木々の茂みに身を隠すが、決して遠くに飛び去ることはない。

オナガたちが完全に飛び去ったのを確かめてから、電線にとまっていた少し膨らんだ格好の群れがふわりと降りてくる。そして、軽やかな足取りで芝生の上を歩き回り、なにやら啄んでいる。かなり深く嘴を突き刺すので、虫を銜えて引き抜くのに、全身の力を振り絞る。すると体が逆立ちの垂直になり、アンディーヴ[*5]が芝生に立ち並んでいるかのようである。あまりに滑稽な格好なので、わたしは、家の中で大笑いするのだが、彼らは大真面目にやっているのである。彼らは、オナガのように派手に美しくはなく、全身が黒っぽい羽で覆われていて地味な装いであるが、両頬に白い斑点がある。

少し経ってから、スズメたちも戻ってくる。

気が付くと、手にしていたマグカップのカフェがすっかり冷めてしまっていた。

冬の間、厳寒に弱い植物の避難所にしていたパーゴラの覆いを取り外して、夏は日除けのヘチマを植える。ヘチマは成長が早く、パーゴラを完全に覆って緑のカーテンになる。

大きな葉が幾重にも重なって、寝室から書斎にかけて見事な緑の陰を作ってくれる。その上に秋になると、あの長い果実はヴェジタブルスポンジとなって、いろいろ活躍してくれる。沢山採れるので、知人や友人にプレゼントする。

今年は、ヘチマの苗をポットで作るつもりで、裏庭の苗床専用の棚に種子を蒔いたポットを6個並べて置いた。ほんの数日後、その6個に肉厚の双葉をつけた芽が、土を割ってニョッキリ頭を持ち上げているではないか!

わたしはすっかり嬉しくなって、彼らに声をかける。〝おはよう! 今年も会えましたね、よろしく!!〟と言いながら水をやる。

動物たちに接する時のように、植物たちにも、お互いに無理なく意志疎通できる相手もあれば、全くフィーリングが無いのもある。ヘチマは、わたしにとって、決して簡単に会話できる相手ではないと解っているのだが、先に一段上に置いてあるニセアカシアの若木に声をかけた関係上、ヘチマにも挨拶したのであった。元気に育ってほしい、という願いを込めて。ともかく、ヘチマの苗はわたしの願いを聞き入れたのか、グングン伸びていった。

ある朝、そろそろ移植しようかと、予定していた場所に穴を掘り、ポットを取りに裏庭に回った。が、其処に繰り広げられている光景に、わたしは自分の目を疑った。6個のポットは、すべてひっくり返っていて、ヘチマの苗は何者かによって、無残に引き抜かれているではないか⁉　わたしは阿呆のように、ただ茫然と立ち尽くすばかりであった。

いったい何が起こったのであろうか？　夜間に出没する野ネズミか、村人たちが言う里猫つまり野良猫の仕業か、或いはそそっかしいモグラの仕事か……、何れにしても、ヘチマだけを狙うとはどうしても腑に落ちない。何者かのわたしに対する悪意のある悪戯としか思えなかった。なぜなら、ヘチマの苗は引き抜かれてはいたが、それらを食べようとした形跡は見当たらなかったからである。

あれこれ想像を巡らせてみたが納得できる答えが見出せないまま、ポットに新しい土を入れて新しい種を蒔いた。そして用心のために、今度はポットを寒冷紗で覆った。

W・シェイクスピアは、柔らかな春の大気の中で目に見えて大きくなってゆく。そしてある朝、赤みを帯びた新芽の中に、小さな蕾の膨らみを見つけた。Oh! Ohoo!!と、思わず感嘆の声を上げる。それからというもの、害虫や病気に侵されはしまいかと、朝な夕な神経を尖らせて、見えない敵を見張った。

その甲斐があってある朝、居間の窓を開けた瞬間、官能的ともいえる濃厚なバラの香りが漂ってきた。まだ明けきらぬ湿った朝の静けさの中で、W・シェイクスピアは、その神秘の赤紫の蕾をほどき始めていたのである。

わたしは裸足で弾む息を抑えながらバラに近づき、目を閉じてその芳香に酔った。

オクタヴィアン伯爵が捧げ持つ銀のバラに振りかけられていたペルシャの薔薇の香油とは、このような香りではなかったか……(『*Der Rosenkavalier*〈薔薇の騎士〉』Hugo von Hofmannsthal)。

W・シェイクスピアは毎日ゆっくりと花弁を開き、その赤紫色を暗くしていった。

無数の花弁の襞が重なり、重さを増してゆく不定形の花部には不釣り合いな細い花茎のため、花は次第にうつむき加減になる。幼い木になるべく負担をかけないようにと、花芽を摘み取っていたので、大輪にはなったが花数は少なかった。しかし、その謎めいた雰囲気の存在は、2メートルほど離れて咲き誇る見事なブルーフォーユーや、庭外れの東屋を背にして、大型の花の大量に咲き乱れる絢爛たるロココを圧していた。

わたしは、ロココやブルーフォーユーに遠慮しながらもW・シェイクスピアに心奪われて、毎朝その傍らに立ち止まり、眺めすかし、花弁に触れんばかりに鼻を近づけ、その秘密めいた恍惚の香りに酔い痴れた。

その朝は、目覚めとほとんど同時に庭の芝生に出て、東屋から雲海に浮かぶ黒姫山を惚れ惚れと眺め、Mme. Pompadour（マダムポムパドゥール）と勝手に命名したロココの華麗さを愛で、雪の下で枯れてしまったかと悲観していたローリエの根元に小さな新芽が吹き出しているのを見つけて小躍りし、優雅なトウカエデの新しい春の装いに感嘆し、ブルーフォーユーの健康状態を丹念にチェックしてから、謎めいてひときわ美しいその朝のW・シェイクスピアに近づいた。それが、その朝のセレモニーであった。

わたしはすっかり満ち足りて、いささか芝居じみた足取りで、朝食を取りに家に入った。

農道の向こう側の、既に使用されなくなっている古びた果樹栽培用のハウスの金属パイプに、例のカラスどもがとまっているのが見える。オヤ？　いつもより随分早いではないかと思ったが、あまり気にも留めなかった。

妙に静かでいつものドタバタ騒動はなく、神妙にしている様子であった。〝そうそう、いつもそうしてればいいのよ〟などと、わたしは台所の窓越しに彼らに話しかけた。勿論、彼らに聞こえるはずはないのだが……。

そして、あまりにも静かにしているので、すぐに彼らのことを忘れてしまった。

暫くして、朝食を済ませマグカップを洗いに流し台に立ったついでに窓の外に目をやると、金属パイプの上で一羽のカラスが何やら赤黒い塊を足で押さえつけ、鋭い嘴で引きちぎっているのが見えた。もう一羽が、それを奪おうと横からにじり寄って行く。何処からか動物の死肉でも拾ってきたのであろう。

にじり寄って行った方が肉塊の一片をせしめ、少し離れ、一心不乱に引き裂いている。

時々赤黒い血らしきものが滴り落ちるように見える。その粗野なしぐさに憎悪を感じて、わたしは〝嫌な奴ら!〟と苦々しくつぶやいた。しかし腑に落ちないことに、エサの奪い合いのような騒々しい奪い合いではないのである。

その時、突然ある不吉な予感が電光のように脳裏を掠めた。まさかと思い、わたしは居間に走り、窓から庭を見た。ない!? 謎めいてひときわ美しかった、その朝のW・シェイクスピアの姿が消えていた!!

わたしは咄嗟に奴らの復讐だと悟った。

あの醜いヤバンな足に押さえつけられ、マクベス夫人の刃のような嘴で引き裂かれていたのは、紛れもないわが最愛のW・シェイクスピアだったのである。

雪の朝

時季外れの吹雪が夜明け前におさまり、凍りつくような朝の光が雪原に乱反射している。

ブリリアントカットのダイヤのように冷ややかに、雪雲の去った暗晴の空に輝く無数の星の残光の乱舞である。

空気が少し緩み生暖かくなると、わたしの中の野生がムズムズと目覚め、家の中にじっとしてはいられない。新雪のきしむ音を楽しみながら、スノーブーツの中ほどまで埋まって雪を踏み、そこいら中を歩き回る。

野生動物のさまざまな形の足跡が、軟らかな雪の上に残されている。ふわりと盛り上がったところで突然消えているのは、いったい何者であろう？　足跡から推測すると鳥の仲間ではなさそうだ。そこから何処へ行ったのであろうか……、雪に潜り込んだ形跡もない。ひょっとしたら、森からやって来たアオバズクにさらわれたのかもしれない。ならば、野ネズミだったのでは？

わたしはシャーロック・ホームズ気取りで、獣たちの足取りを追い、彼らの姿とその動きを想像してみる。規則正しい間隔で、ゆっくりと4本足で歩いて行ったもの。不器用に、吹き溜まりにはまり込んで慌てたもの。尾羽を引きずるのはカラスだが、大葉パセリのようなきれいな足跡は山鳩かもしれない。一年のうち、数回しか姿を見せないカモシカの足跡も、裏山に続く杉林の中に消えている。

雪が深く、冬中近づけなかった東屋に置き去りになっていたリンゴ箱から、寝ぼけた味のリンゴを取り出して割り、木々の小枝に突き刺しておく。何処から現れるのか、さまざまな野鳥が啄みにやってくる。大騒ぎをしながら突き散らすもの、黙々と食むもの、一欠けらを銜えて向かい側の竹藪に飛んでゆくもの。

彼らが満腹し立ち去った後は、雪の上にリンゴの残骸が四方八方散らかっている。が、それもいつの間にか何者かによって、きれいに片付けられている。

薪小屋に住み着いたスズメたちのために、わたしは雪の上にゴザを敷き、パンくずや麦を撒いてやる。すると一羽が舞い降りてきて仲間を呼び、仲良く啄み始める。それはたいそう微笑ましく、和やかな光景で、思わずこちらの心も和む。

そして暫くの間、わたしは雪の中に佇んで、その小さな生き物たちが仲良く食事をするのを、水っ洟をすすりながら眺め続けていた。

ソラマメ色

裏庭の斜面に陽が当たっている。浅緑色の玉コロが、所々に散らばっているのが見える。

近づいて見ると、小さなフキノトウであった。

杉の大木に遮られ、陽の光が届かない所は、まだ雪の衣装に覆われているのだが、陽だまりになっている其処だけは、思わせぶりな春の到来を予告しているようである。しかし、その小さな玉コロたちの美しいソラマメ色の蕾は、まだ固く閉ざされている。いくら食いしん坊のわたしとて、その頼りなげな春のシムボルの命を、無下にむしり取る勇気はなかった。〝明日まで待とう〟と、わたしは自分に言い聞かせた。が、明日まで待ったとしてもトドのつまりは、蕗味噌になって、わたしの口に入ってしまうのだが……。

例外は多々あるが、一般的な日本の味付けをわたしはあまり好まない。隠し味と称して砂糖が少しでも使われていると駄目なのである。そして醤油に至っては、その臭いや舌に感ずる味が全く苦手である。ゆえに、我が家では、たまにコンソメスープの隠し味として一、二滴落とすことはあっても、醤油味で料理することはない。日本人のくせに、などと言われそうだが、1リットルもあれば、少なくとも一年は十二分にもつ。

その代わり、味噌は大好きだ。

日本に滞在した後ヨーロッパに帰る時は、必ず美味しい味噌をしこたまスーツケイスに忍ばせ、ウンショウンショと運んでいた。

だが、味噌であれば何でも好いか、というとそうではないのである。

先ず、粗野な関東っ子であるわたしは、京味噌がまったく苦手なのだ。あの〈ぬらり〉とした甘ったるい白いペーストは、真っ平御免である。

妙な添加物の無い、純粋に樽で二、三年寝かした米糀味噌が好みなのだが、それとて、火を通したのは敬遠する。つまり味噌汁は、鍋の中で煮えたぎっているだし汁に味噌を溶き入れるのではなく、椀に生味噌を適量入れ、少量のだし汁で溶いてから、具に火が通った頃を見計らって熱いだし汁を椀に入れかき回す。

するると、味噌の匂いがワーッと椀の中から立ち上がってくる。

これは、ミラノに住んでいた頃によくやっていた。東京からやってきた知人に食べさせたら〈ミラノ風味噌汁〉と、喜んでくれた。彼女は日本に帰ってからも〈ミラノ風味噌汁〉を、東京の家で愛飲しているそうである。因みに、千切り大根をさっと湯がき、一食分ずつ小分けし、冷凍にしておいて使う、というのが彼女の工夫である。

何ということはない、味噌の無駄を省き、手間のかからない〈自分の味がほしい〉から生まれた、怠け者の料理法なのである。

子供の頃、わたしは味噌汁が大嫌いであった。それは、母のやり方が鍋のだし汁に味噌を溶かし入れていたからである、特にネギなどが入っていると、気が遠くなる思いであった。勿論好き嫌いなど絶対に許さない明治生まれの両親の家庭教育の下では、何食わぬ顔をしていたが、実際には死ぬる思いで味噌汁を胃に流し込んでいたのである。

それなのに、日本に帰ってきてからというもの、ネギの味噌汁が大好物になってしまったのである。ただし、ネギは京都の九条ネギに限る。大匙一杯ぐらいの味噌を少しのだし汁で溶いておき、薄く斜め切りにした九条ネギもたっぷりお椀に入れ、煮えたぎっただし汁をその上から注ぎかき回すと、味噌と生ネギの匂いが鼻をくすぐり食欲をそそる。

この頃の日本では、トマトジュースの中にきざんだ野菜を煮込んだような不思議なものをミネストローネと称したり、やたらトマトを使ってイタリア風と言い切ったりする料理人が横行しているかと思うと、ピエモンテの郷土料理Bagna cauda（バーニァカウダ）も摩訶不思議なモドキとなって食されるようになっているのには驚いた。

バーニァカウダは、寒いピエモンテ地方の厳しい冬、多種の生野菜を食べるのには好都合な逸品である。セロリの柔らかな芯なども常備されるが、わたしはセロリに限って味噌に勝るものはないと思う。余計な雑物を入れないで、好みの生味噌をそのまま少量つけてカリカリと食べる。新鮮なセロリの香りと生味噌の香りが口の中で絶妙に調和して、最高である。

しかし残念なことに、この絶妙なハーモニーはヨーロッパならではのことである。何故なら、日本のセロリは野性味に満ちた香りを消すために品種改良（＝品種改悪）されているので、味も香りもないプラスティックさながらの棒状のものをセルリーと呼び、わたしのセロリとは似ても似つかぬ不思議な植物に変身していて、あの妙なる自然の調和は堪能できないのである。

味噌と名の付くものでは、蕗味噌が大好物である。ほろ苦さを愛でるので、あく抜きなどという野暮なことはしない。電子レンジで火を通したのを大まかにきざみ、香り高い上質のオリーヴオイルと味噌であえる。フキノトウ、味噌、オリーヴオイル、とそれぞれが異なった個性の強い香りを持っているのにもかかわらず不思議に協調し合い、お互いを引き立てている。

このペーストを、自分で挽いた全麦粉の自家製のパンかクネッケ[*6]にたっぷりのせて、濃いカッフェか紅茶で早春の朝食はご機嫌のフィナーレとなる。

だが、フキノトウをあく抜きしなかったのが祟って、午後になって胃袋から物言いがついた。食い気にはやって、ひ弱な胃袋を持っているのをうっかり忘れていたのであった。

その昔フランス国では、悪質な食材の欠点をカヴァーするために、さまざまなソースが考案されたということであるが、確かに食材が新鮮で良質であれば、何も手を加えない方が食材の本質的な味を賞味することができるのではないか、とわたしは思う。

ここ数年来、ヨーロッパの国々がスローフードとやらに目覚め、農作物の栽培や食肉用の家畜の飼育に、より自然な方法をと叫んでいる時に、かつては素晴らしく繊細な食文化を誇っていた日本では、まったく逆の方向へ向かっているように思われる。

子供の頃から、わたしは食が細かった。

更に、大学生時代の無軌道極まる食生活が祟って、胃炎や潰瘍も患ったので、常に胃のご機嫌を損ねないようにしなければならない。そのためには、常に如何にしたら少量で胃のご機嫌を損ねず、栄養バランスの良い、しかも美味しく健康的な食事をとることができるか、ということに神経を使う。

ある時、『*Food Combining for Helth*（健康のための食材の組み合わせ）』（Doris Grant & Jean Joice）というタイトルの本を読んで驚愕した。その内容は大まかに言うと、炭水化物食品と動物性蛋白質食品を一緒に食べることを避ける、とのことである。なぜなら、胃の中で炭水化物に消化作用を働きかける酵素と動物性蛋白質に作用する酵素は異なるので、それらを同時に胃に送り込むとトラブルを引き起こすからである。つまり、一緒に食べてよい食品とそうでないものが、はっきり分けられているのである。

そして、それらの食物の表が付いている。

これは、１９３６〜１９３７年に*The Sunday Graphic*という週刊誌に発表された〈Method Hay〉の自然治癒を促進させるための食事法を基盤にしているそうだ。

食べたものが、自然の摂理に従って合理的にエネルギーになってゆくためには、胃の中でトラブルを起こさないような食べ方をしなければならない、ということである。

このメソードは、わたしの胃に大いに歓迎された。胃潰瘍は治まり、胃炎に悩まされることは絶えて久しい。そして更に驚いたことに、Dr. Kousmine（クズミン）の著書で読んだ〈健全な食事を取り消化器官が正しく働いている人の排泄物は無臭である〉ということを、身をもって体験したのである。それからというもの、日々の排泄物の臭気の有無が、わたしの健康状態の重要なバロメーターとなっているのである。

ヨーロッパにいる限り、無農薬有機栽培や無肥料で自然栽培された農産物を、都会でも購入することは、決して難しいことではなかった。大都会ではなおさら、それらの農畜産物食品だけを取り扱っているスーパーマーケットのチェーン店が多々あり、法律的に認可されている。

日本に帰ってきて先ず戸惑ったのは、健全で信頼できる食材を購入することの難しさであった。

スーパーマーケットの棚には、見事に青々と育った葉物野菜や恐ろしいほど大きな果物や最大限に肥らされた根野菜が整然と並べられている。だが、それらのどれをとっても、わたしの食欲をそそるあの健康な野生の匂いも、しっかりした個性のある味もない。細胞肥大植物を、化学肥料をふんだんに使って人工的に栽培した結果、病害虫に対する自己防衛力が希薄となった植物には、大量の毒薬で対処しなければならない。

早朝、北側の農道を毒薬液のミニタンクローリーが上がり下がりする光景を見るにつけ、わたしは絶望的な気分になる。長野でさえこうなのである。

都会のスーパーやデパートのコーナーで見かける見事にサイズの揃った野菜や果物が自然の姿だと思ったら、大きな間違いなのである。都会に出荷されてゆく野菜や果物は、某機関がサイズ規格を決めているので、その無謀な規格に合わないものは除外されてしまう。より多くの利益を得ようとすれば、自ずと生産者は某機関の推奨するハウス栽培やふんだんに農薬を使って規格に沿った産物を大量に作る羽目になる。

近年日本でも盛んに栽培されている〈Zucchine－ズッキーネ〉に関して言わせてもらえば、実に不味い。何故なら、大きくし過ぎているからである。せいぜい15センチぐらい迄が最も美味しく食べられるサイズだと言うと、それでは小さすぎて規格外になってしまう、とのことであった。わざわざ不味くしているのである。

奇跡のリンゴの木村氏の皮肉ともとれる言葉に、〈多くのお茶に結構な量の農薬が使われています。私は農薬のだしを飲んでいるんじゃないかと思うほどです〉とある。

どうりで、せっかく日本にいるのに緑茶を飲めば、必ずわたしの胃は文句を言い出すのだ。

農薬のシャワーをふんだんに浴びて育った茶葉を煎じて飲むことが、知らず知らずのうちに、長い年月をかけて人間の健康を少しずつ蝕んでゆくことを、生産者もそれを推奨する機関も知らないわけはない。因みに、生産農家のしたたかな知恵は、公共市場に出荷する生産物と、自分たちが食するものとは、栽培方法を分けてあるのだ。

〈現時点では、それほど大きな悪影響はないものと推測される〉というフレーズは、某国政府機関の放射能物質に関する決まり文句であるが、では未来は？

直ぐにはその悪影響が顕著に現れないという見地から、作物に毒薬を散布し続ける農業者や、未成熟堆肥を使ういわゆる有機栽培を謳い文句にしている偽エコファーマー等々。

一時的に、たとえ微量であったとしても、生き物の体内に毒物が蓄積されていけば、やがてどうなるのか？　ということを真剣に考えて頂きたい。

近視眼的なものの判断をする人をイタリアでは、〈奴は自分の鼻の頭までしか物が見えない〉と揶揄するが、近年の日本では国家政治以下一般庶民の個人生活に至るまで、総てその傾向を辿っているように思える。事が起こってから対策を考えるのではなく、事の誘因を察知し、考慮し、事前に方向づけてゆくべきではないか？

情緒的な日本人は、友愛とか助け合いとか絆とか、曖昧模糊とした美辞麗句を軽々しく並べたてて自己満足しているが、実際には知ってか知らずか、毒薬や疑似エコファーマーで殺人的行為を公然と行っている同種の人間たちと、いかにして友愛精神に基づいた関係を持つことが出来るというのであろうか？

９月に入ってから、一年前に予約しておいたBramley（ブラムリー）という青いリンゴが小布施町から届けられた。ひそかに期待していた小型で野性味たっぷりなところは全く見られず、どれも形の整った大型で取り澄ました顔をしている。

酸味が強いのはこちらの望むところだが、それ以外は、香りも複雑な野生の味も皆無で拍子抜けしてしまった。

Granny Smith（グラニー・スミス）という青リンゴを、わたしはヨーロッパでよく食べた。美しいソラマメ色で、果肉はかたく酸味が強く甘みは少なかったが、そのまま食べても十分に美味しかった。人間の鈍化した舌に媚びることなく、G・スミスは野生の味を誇示しているようであった。

知人で愛農家のG侯爵が、自らの手で自然栽培したG・スミスを、ある年のクリスマスにドロミーテの別荘で食べさせてくれた。それはとても小さく不格好であったが、実に美味しく、〈禁断の実〉を想像するに相応しい味であった。

そのG・スミスへのノスタルジアから、青いという共通点を持つブラムリーを注文したのであった。G・スミスより少し黄色味がかって寸足らずの形だが、美しいソラマメ色である。そこで、そのソラマメ色を生かしてシャーベットを作ろうと思いついた。しかし皮ごと使うのだから、それは食するに適していなければならない。気になるのは、農薬という毒物の含有量である。わたしは販売会社に電話をした。納得できる即答はなかったが、よく洗って食べてください、ということであった。

収穫までには、農薬の洗礼を何度も受けているのだから、少しは果肉にも浸透しているだろう。それは仕方がないとして、収穫の何日前に最後の農薬散布がなされたのであろうか、ということが皮の部分を使うわたしには問題なのである。〈よく洗って食べろ〉は、答えになっていない。何故なら、どんな果物でも食べる前によく洗うのは、当たり前ではないか？

仕方がないので皮をあきらめて、その代わりに無謀にも庭の大葉パセリを少し入れ、ソラマメ色のシャーベットにした。かすかにパセリの匂いがしたが、それはそれなりに美味しかったと言っておこう、何しろ美しいソラマメ色なのだから……。

春の菜園

今の今まで、野菜作りなどした経験がわたしにはない。

子供の頃、疎開先の祖父母の畑や田んぼで大人たちが、精根こめて稲や麦、その他の野菜を作っているのを見てはいた。

その頃の田舎は、すべて自給自足の生活であった。味噌や醤油に至るまで、すべてそれぞれの家で作っていた。それ故に個々の家の味があり、女たちは、どこそこの味噌は美味いが醤油はイマイチだなどと批評したり、自分の家の醤油の出来栄えを自慢したりするのであった。コンニャクなども、畑で育てた里芋に似たコンニャクの根から、豆腐は田んぼの畦道で育てた大豆からというふうに、一から十まで自家製であった。

ヴェランダガーデニング以外に土いじりをしたことのないわたしが、せめて自分が口にする野菜だけは自分で作ろうと思ったのは、おそらく子供時代を田舎で過ごしていたからであろう。何よりもその野菜がどんな条件で育ったのか疑いの余地もなく、ゆえに個々の野菜の本来の味を楽しむことができるはずなのである。

醤油、砂糖が入った魚味のだし汁が苦手なので、必然的に多種の洋野菜を育てることになった。大量の生野菜で始まるわたしの食事は、多種の葉物野菜が重要なのである。ところが日本では、あの玉レタス以外にあまりめぼしいサラダ菜を見かけない。玉レタスは実に不味い、というより味がない、大嫌いだ。

農薬や化学肥料を多量に含み、さらに品種改良?されているあんな不味いものに、人は何故お金を払うのか?

40~50年前には、日本にも美味しいサラダ菜があった。勿論現在もスーパーマーケットによっては置いている所もあるが、残念ながら以前の力強くたくましい自然な姿もしっかりした味もなく、肥大細胞の幽霊のような頼りない姿になり果てているのである。当然味は希薄、触感は紙のようで、どれを取っても個性がなく虚しくティッシュペーパーを噛んでいるような気分になる。

信濃の国では、グリーンアスパラガスの栽培が盛んである。それは大変結構な事なのであるが、わたしが40年間慣れ親しんできた植物とは、形はともかく、全く別の代物なのである。地中海の強烈な太陽の下で育った、あくも強いがしっかりした味と香りのアスパラガス料理に慣れていたわたしは、すっかり拍子抜けしてしまった。それでもと、かすかな期待を込めて、大好きなリゾットにしてみたが、自分の愚かさに呆れるばかりであった。

スーパーマーケットに行くと、やたらにドレッシングと称する不思議な商品の多いのに驚かされる。成分表を読むと、恐ろしげなものがズラーッと記されている。無知な消費者は何の疑いもなく、それらを振りかけなければ食べられないサラダ菜モドキのティッシュペーパーを買わされているのである。

ミラノに暮らしていた頃、日本の知人から彼の友人がヨーロッパ旅行をするので、ミラノで一日付き合ってやってくれ、と頼んできたことがあった。大阪からやってきたその男は、レストランで野菜サラダを食べる前に言った、〝イタリアにはドレッシングが無いのですか?〟。咄嗟にわたしはその意味がわからなかった。新鮮な野菜が盛り沢山運ばれてきたワゴンには、ギャルソンがドレッシングしてくれるための数種のオリーヴオイル、バルサミコやその他のワインビネガーやアップルビネガー、塩、ペッパーミール、レモンなどが用意されているではないか?

おそらく、彼は、サラダとは日本のスーパーマーケットの棚に並んでいる〇〇ドレッシングと称する怪しげなコンディッショナーで味付けするものなのだ、と思っていたのであろう。

さて、肝心なわが菜園に戻るとしよう。

先ず、土を耕す、と言っても容易なことではない。やっとのことで、10平米に満たない畑を掘り起こし終わったら、腕と腰が文句を言い始めた。で、その日は、そこまでで終わりとした。大汗をかいたので水のシャワーを浴びる。たいそう満足し、爽快な気分であった。

大人の感性に目覚める年代になる頃、ヘッセを愛読する同年輩の友人が多かったが、わたし自身は、それほど魅かれはしなかった。

しかし大人になってからルガーノに住むようになって、彼の文学よりも、その人間としてのドラマがルガーノ近郊で繰り広げられたことに興味をそそられた。

絶えず神経を患っていたHermann Hesse（ヘルマン・ヘッセ）は、第一次世界大戦後C. G. Jung（C・G・ユング）の指導を受けていたそうだが、1919年からその生涯の幕を閉じる1962年まで、ルガーノ湖を見下ろすMontagnola（モンタニョーラ）に住んでいた。1946年にノーベル文学賞を受賞したが、その対象となった『ガラス玉遊戯』（1943年）や『クリングゾールの最後の夏』（1920年）はモンタニョーラで書かれたものである。

ノーベル賞受賞後、彼は極度の鬱病に陥った。それからは、彼が子供の頃から愛し、終生親しみ続けた果樹園、菜園あるいは花壇といった植物栽培としての、土に親しむ生活が、唯一病める精神のバランスを辛うじて保つことになったようである。ヘッセ曰く、〝庭仕事は瞑想に、創作の構成に、そして神経の集中にも役立たなければならない〟。

バッハ、モツアルトを愛し、嗜んだ水彩画に現れるルガーノ周辺の風景画は、いかにヘッセが自然の中での独居を必要としていたかを物語っているようである。彼の絵を下手だと評す人がいるが、ヘッセは決して上手な絵を描こうとしたのではなく、ただ淡々と目に映る風景を正直に描いただけであった、とわたしは推測する。つまり、風景を描くことは、土いじり同様、彼の精神に平和をもたらす術であったのではないか？

かつて、V・ゴッホの弟テオドールが、神経を病む兄ヴィンセントについて、〝兄が一緒に静かにやっていける友は、自然か単純な心の人たちだけだ〟と妻に宛てた手紙に記しているように、薄氷を踏むような神経を持ったヘッセもまた、偽りのない自然との対話だけが、彼の病める魂を平穏に保つ唯一の方法であったのではないか？

軌道を外れた神経に悩まされた時期は、かつてわたしにもあった。しかし自然の中で、さまざまな被創造物との出会いや彼らとの他愛ない対話は、人間の社会にいささか疲れを感じ病み始めていた神経を、ゆっくり解きほぐしてくれた。それまでのわたしは、年月を重ねるにしたがって人間という不条理な動物の群れの中にいる自分自身を、疎ましく感じるようになっていたのである。

早朝、低くたなびく雲海を眼下に眺め、その上に浮かぶ朝日を浴びる飯綱山の凛とした姿に感動しながら、雲の下に蠢く己の業の奴隷と化した人間たちの愚かさを、それまでの自分の生き様に重ねていた。

土いじりがヘッセの神経を癒やしたように、わたしにとっても、虫の音や野鳥の囀りや風のざわめき以外には何も聞こえてこない菜園の作業は、至福の時となった。

だが、その楽園の畑には、野菜が幼葉をつけ始めると、待ってました！　とばかりにさまざまな敵が出没し、愛しき我が野菜たちを片っ端から残酷に食い荒らすことになるのである。

〈チョウチョ、チョウチョ菜の葉に止まれ〉とか〈二つ折りの恋文が花の番地を探している〉（J・ルナール「蝶々」『博物誌』）なぁんて暢気なことは言っていられないのである。

モンシロチョウなどがひらりひらりやって来ると、わたしの目は三角になる。黒キャベツの若葉などに止まりでもしたら、容赦なく虫網で捕らえ、踏み潰してしまう。葉の裏側に卵を産み付けられでもした日には、一週間もしないうちにキャベツの葉はレースと化してしまうのである。モンシロチョウの幼虫の食欲は実に恐ろしい。わたしは彼らのために、わざわざイタリアから黒キャベツの種を持ち帰ったのではないのである。

農薬を一切使わないので、害虫防止のために防虫ネットをかけたのだが、それでも網の目をくぐり抜けて侵入する小さな蝶がいる。

そうとは知らず、何だか元気がない葉っぱだなぁと思い裏返してみると、葉脈のフリをしているしたたか者がびっしりと付いていた。

しがみついている葉脈と見紛うほど巧妙に化けているもの、かと思えば黒地にオレンジ色の斑点のド派手な衣装で〝オレは毒を持っているのだぞ、オレは臭いのだぞ！〟と傲慢にのたくり回っているもの等々、蝶や蛾の幼虫は多様である。

朝露を美しく煌めかせて、見事な網を張っている蜘蛛や、野菜の葉っぱにちょこんと乗っているアマガエルを見つけると、わたしは決まって小言を言う。〝勝手に棲み着いているんだから、もっと虫を捕りなさいョ！〟

西洋料理には、日常の家庭料理でも香りの異なる多種のハーブが欠かせない。だから庭を持たない大都会のアパルトマン暮らしをしているヨーロッパの人々のバルコニーには、ハーブを植えた鉢がいくつも並べられている。

大葉パセリ、バジリコ、エストラゴン、マッジョリー、タイム、オレガノ、チャイブ、ローズマリー、セージ、ミント等々。

当然わたしの菜園には、真っ先に料理用のハーブの種が多種蒔かれた。ルガーノでは、それらの新鮮なハーブの需要が多いことから、朝市や八百屋さんでは、ほとんどサーヴィスとして無料でくれるし、支払うとしても非常に安価であった。日本では需要が少ないせいもあり、種類も限られている上に悲しくなるほど少量で、エエッ？

と思わず値段を見直すほど高い。

　サヤインゲンの季節、我がルガーノ湖畔に毎土曜日の朝開かれる市では、わたしが贔屓にしている自然栽培の農業家が、Santoreggia（サントレッジア）をひと掴みもサヤインゲンにつけてくれる。茹でたサヤインゲンにスライスした生ニンニク、新鮮なサントレッジア、塩、コショウ、香り高いオリーヴオイルをドレッシングに。ウーン美味しい！　時には、茹でたジャガイモを加える。それぞれ本来の持ち味がバランスよく引き出されて、まさに大地の恵みの美味しさである。

　ハーブの種蒔きを済ませてから、季節にかなった野菜の種を蒔く。地蒔きをするものとポットに蒔くものとを分ける。

　種を蒔くといっても、初めての経験なので、慎重に参考書を見ながら、となる。種子と種子の間隔、深さ等々。さらにコンパニオンプランツなどを考えると、初心者のわたしには決して易しくはないのである。

　近くのお百姓が、その様子を見てニヤニヤしながら〝ほほう、都会の人は本で百姓をするんかい？〟と冷やかす。当たり前ではないか！　わたしは今の今まで、農婦なんかやったことは無いのだ!!

野　草

南側の斜面が何やら緑めいてきた。はっきりとは見えないが、雪が消えた後の枯れ草の下からヨモギが新芽をもたげている様子だ。

この時期、わたしは胸を躍らせて、アケビの蔓を編んだ籠と小刀を持って2000平米の敷地内を探索する。もう少し季節が進むと、憎らしいくらい繁殖力の旺盛なタンポポもこの時期はまだ幼く、アンチョビー、ニンニク、オリーヴオイルでさっと炒め煮すると、飛び切り美味しい。ノビル（この辺ではノビロと呼んでいる）も目にするが、こちらはわたしの好みではないので、放置する。めったに揚げ物はしないのだが、この時期だけは特別で、ヨモギの新芽やカンゾウを天ぷらにする。山ウドが芽を出していれば、それも揚げる。タラの芽などは大歓迎である。勿論、揚げ物はそば同様、パラパラと塩を振りかけるのがわたしの流儀。パン粉をつけて洋風にする時は、ニンジンを丸ごと一時間以上茹でてから裏ごしにかけ、茹で汁でのばし、鷹の爪などを入れた辛みの強いオリーヴオイルを少し混ぜたソースで食べる。このニンジンソースは、ミラノ市の有名なシェフから教わったもので、わたしの一番のお気に入りなのである。

個性のない形ばかりのハウス育ちとは異なり、それぞれの野生の香りや味が楽しめ、待ち焦がれていた春をいっそう美味しくしてくれる。

日ごとに新しい野草が顔を出す。毎朝それらを摘み取って、茹でたり炒めたり焼いたり、早春の我が家では、実にヴァラエティーに富んだ野草の贅沢なご馳走が食卓に並ぶ。

そして、すっかり忘れてしまっていた幼い頃の記憶が、鮮やかによみがえってくる。山菜採りにわたしを伴う祖母は、一つ一つその呼び名や料理法を教えてくれた。あの凛として美しく厳しかった大好きな祖母が懐かしく、思わず胸が熱くなった。

野鳥

南側の竹藪から、遠慮がちなウグイスの声が聞こえてきた。数羽は、いるようだ。聞き耳を立てると面白いことに、それぞれの声のトーンや囀りの形が異なる。人間がウグイスの歌と称する紋切り型通りに歌うのもいるし、出だしのホーというところが出来ないのもいる。無闇にケキョケキョばかりでせわしないのもいる。少し太めの低い声でゆったりと啼くのが、わたしのお気に入りだ。おそらく年長者であろう。彼の囀りが聞こえてくると、わたしはかならず“Bravo! Bis!!”と声をかける。

そのうちに、ホトトギスがウグイスモドキで囀り始める。嫌な奴らである。メスはウグイスの巣にちゃっかり自分の卵を産み落とす。そうとは知らぬウグイスは一生懸命にホトトギスの卵を温め、やがて孵化するとホトトギスの雛はウグイスの雛を巣の中から蹴落とし、義母が運んでくる餌を独り占めして成長する。親のウグイスはホトトギスを育てたことには、全く気付かないのだそうだ。

カッコウも同じような習性をもっているらしい。だからカッコウの声が聞こえてくると、わたしは不機嫌になる。何故かというと、ミラノに住んでいる大学の先輩を思い出すからである。彼女は、カッコウの化身のような人であった。ある時、湖を見下ろしながらルガーノ周辺の山歩きをしていた。春爛漫の頃で、カッコウがしきりに啼いていた。雑木林の中の曲がりくねった山道を登り切り、一息ついた所で白い顎鬚が胸まで届きそうな男に出くわした。

男はにこやかに〝グリュースゴット！〟と挨拶してから〝コインをお持ちですか？〟と聞く。グリュースゴットと挨拶するからには、バヴァリア地方の人であろうか？　不意を突かれて、一瞬その意味が分からなかった。

怪訝な表情のわたしに笑顔を絶やさず男は、〝クックー（ヨーロッパではカッコウはクックーと啼く）が啼いている時にコインを握っていると、お金持ちになれますよ。わたしが住んでいるスイス中部ではそう言います〟と言った。

クックーと啼こうがカッコウと啼こうが、いくら神様がそうこしらえて下さったとしても、わたしは、あの種の鳥が大嫌いなのである。

常に親愛の情を持ち、特別贔屓にしているのは、フクロウの類いである。残念ながら、此処に来てから未だ彼らの野生の姿を見る機会がない。猛禽類の仲間としては、鷹や鷲のような猛々しさがなくどこかユーモラスな風貌なので、親愛を込めてフォーヴ[*7]と呼ぶにふさわしい姿ではなかろうか？

３６０度も回転しそうな大頭がご愛敬で、体全体がたいそう美しい羽で覆われている。

もの静かで森の奥に住み、ホッホッホーホーと神秘的な声が闇夜のしじまを縫って聞こえてくる。庭の木々が大きく成長したら、わたしの庭にも彼らはやって来るだろうか？

そうしたら、見て見ぬふりをしながら捕まえた野ネズミを木の小枝にぶら下げてやろう。

あの美しいフクロウのためならば、野ネズミの一匹や二匹捕まえることだって、わたしにはできるはずだ。

昆虫

ある日、東屋の土台の縁をうろうろしている大きなクワガタを見つけた。親指と人差し指でつまみ上げると、手足をごそごそと動かして空をつかもうとする。暗褐色の甲冑の背中は艶やかでとても美しい。頭部の両側から突き出た角のようなものがたいそう立派である。都会の子供たちが見たら、さぞ欲しがるであろう。草むらに逃がしてやっても、すぐには動こうとしない。死んだふりをしているのだろうか？　その姿は威厳に満ちていて、何だか戦国時代の武将のようである。さしずめ伊達政宗というところか……。

お盆を過ぎる頃、わたしの小さな畑の茄子の支柱に赤トンボがとまっていた。胴体は鮮やかな夕焼け色で、透明な羽には茶色の斑点がある。お盆と言っても日中は焦げつきそうな陽射しなので、ちいさなトンボは焼け焦げてしまったようにじっと動かない。

茄子に水をやっていたら、妙な飛び方をしている大型のアオスジアゲハチョウが目の前を横切った。あの美しい羽を羽ばたかせず、今にも地上に落下しそうな重たげな飛行である。力尽きたのか、目の前の大きなカボチャの葉の陰に落下してしまった。よく見ると、蝶の胴体をオニヤンマが上から手足で押さえ込むようにワシ掴みにしている。どうりで飛び方が奇妙だったのだ。アオスジアゲハは未だ生きているように見える。

わたしは、その恐ろしい光景に思わず目をそらせた。

オニヤンマは一息ついてから再び飛び立つ。やがて、優雅なアオスジアゲハチョウは精根尽きて命を落とし、オニヤンマの餌食になるのであろう。自然の営みとは、かくも厳しいものなのだ。

風が秋の気配を運んでくる頃になると、我が畑にはバッタのたぐいが横行するようになる。鮮やかな若草色で身体が大きくでっぷり太っているのが女房で、その二分の一ぐらいの痩せっぽちの亭主らしいのが背中に乗っている。オンブバッタというらしい。昨年はあまり見かけなかったのだが、今年はかなり沢山いるようだ。体全体が美しい若緑色で体系も流線形でステキなのだが、憎らしいことに、わたしの〝西洋床菜〟

に大穴を開けてくれる。

随分大食漢と見えて、朝摘みに行くと、葉は無残に食い荒らされていて葉脈だけが残っている。それではわたしの食べるところがないではないか！

わたしは憤然とし、そのカップルを捕らえ、下の堀の方へ思い切り投げ飛ばしてやった。

茄子の大きな葉っぱを裏返すと、カマキリがしっかりつかまっている。不意打ちを食らって驚いたのか怒ったのか、猛然と威嚇してきた。からかってやろうと思い、手の内にそっと握ったら、ガブリと噛みつかれてしまった。イテテーと覆っていた方の手を除けると、手の平の上で半身を起こして鎌を振り上げている。つまみ上げて元の茄子の葉っぱに戻してやるついでに背中を人差し指で軽くポンポンと叩き、ますます反りくりかえる彼女に言った、〝たくさん虫を捕ってね！〟。わたしは、カマキリには寛大なのである。

蜂も累々やってくる。時期によって種類が異なるようだ。

今年は南側のパーゴラに雪を避けさせてあったムスカリが咲き出したら、何処から入り込んだのか小さなミツバチたちが、一心不乱に青い花の蜜を吸っているのを見つけた。外はまだ一面の雪の原である。こんなに小さなムスカリの花の匂いを、いったいどうやって嗅ぎつけるのだろうか？

やがて雪が溶け始める頃になると、シマの胴衣を来た細身の種類が、所かまわず巣を作り出す。アシナガバチである。よほどパーゴラが気に入ったと見えて、板壁に大小6個はある。わたしは彼らの巣の近くを通る度に、刺されないように忍び足になる。それにしても、随分たくさんの巣をこしらえたものだ。

やわらかな陽射しが大地を温めるようになると、風通しを良くするために、冬の間パーゴラの天井を覆っていたプラスティックのシートを巻き取る。しかし、其処には蜂の巣がずらりと並んでいる。刺激をしないように用心しながら恐るおそる作業にかかり、ようやく最後のシートを巻き上げ母屋の板壁に固定した。ヤレヤレ！　と安堵して脚立を降りたその時、右の二の腕の内側にチクリと針を刺す痛みを感じた。やられた！　とわたしは大急ぎで化粧室に飛び込み、最初に目に入ったキンカンを塗り付けた。すでに赤く腫れあがっているではないか！　大して痛くはないがヒリヒリする。

彼らに敬意を払って、随分気を使い邪魔をしなかったというのに、背後から襲ってしかも皮膚の薄い二の腕の内側を刺すとはなんたることか！　わたしは猛然と腹を立てた。

イタリアではこの手の行為を〈背中に剣を突き刺す〉と言い、最も卑怯な背信行為を指し、心を許していた友人や、或いは善意の援助をしてきた知人などから思いもよらぬ裏切り行為を受けた時に使う。

ヨーシ、そっちがそうならば覚悟しなさい！

と、わたしは俄然復讐心に燃え、物置に入り雨合羽と覆面の完全武装に身を固め、鍬で蜂の巣を片っ端から叩き落とし、ガスバーナーで焼き払った。

しかし、可哀そうなわたしの右の二の腕は、スピナーチを食べたポパイの腕さながら肘の下まで腫れあがり、曲げることさえ困難なうえに赤く熱を持ち、ヒリヒリとたまらなく痛痒い日が一週間も続いたのであった。

彼らには体内時計があるのだろうか？

お盆を迎えたその夜、裏庭の引水がちょろちょろ流れている辺りから、チロリン、コロリン、リリーン、リリーン、ジージー、ガチャガチャと、虫たちの歌が聞こえてきた。

その中に、ひときわわたしを切なくある郷愁に駆り立てる歌がある。それは何というコオロギなのかは知らないのだが、幼年時代のひとこまを鮮やかに蘇らせる。

風呂の焚き口に薪をくべながら祖母は言う。

〝耳を澄ましてごらん、コオロギが鳴いているよ。あれはね、カタサセスソサセ寒さが来るぞって鳴いているんだよ。寒い冬がそこまで来ているぞって、言ってるんだね〟

夕闇が迫る中で、すこし湿り気のある薪の煙が白く立ち上がり、そのにおいが鼻を衝く。

祖母は、火吹き竹で火を吹きながら噎せて軽く咳払いをした。それから〝カタサセスソサセ寒さが来るぞってね〟ともう一度繰り返した。

後になって、ツヅレサセコオロギという名前であることが分かって〝カタサセスソサセツヅレサセ〃と鳴くのが一般的だと言われたが、わたしにとっては、あの秋の夕暮れの中の湿った空気、立ち昇る白い煙、鼻腔をくすぐる焦げた薪のにおい、そして〃カタサセスソサセ寒さが来るぞ〃と、乾いた祖母の声が聞こえるのである。

個人主義と利己主義

太平洋戦争が終結し、ＧＨＱの最高司令官マッカーサー元帥が日本に就任した。その彼が、当時の日本人について〃日本人の精神年齢は12歳〃と言ったことで、倭人は大いに屈辱感を味わい同時に憤怒した。その後経済成長期には、世界中から〈エコノミックアニマル〉と揶揄されたが、長年外国に暮らしてみると残念ながら、驕慢な征服者やエコノミックアニマルと日本人を評した人々の言葉が、あながち彼らの無知に由来する傲慢さや侮りだけではないということに気付く。そこにはある種の真実がある、と言わざるを得ない。

ヨーロッパの友人たちにある日突然、わたしは日本に帰る、と宣言した。彼らは怪訝な顔をしたが、わたしが冗談を言っているわけではないと解り、異口同音〝君のような人間が、今更日本に住めるわけがない〟と嘲笑った。わたしとて、それは十二分に承知していたのだ。だが、それまでの人生の半分以上を異邦人としてヨーロッパに暮らした経験から、母国日本に帰ってからもわたしは異邦人であり、異邦人として〈異国に暮らす術〉を身につけている、と確信していたのである。そして今母国に暮らしながら、ヨーロッパに別れを告げた頃より余程異邦人を実感している。それは何を意味しているかと言えば、わたしには魂の故郷が無い、ということなのだ。

現代の日本事情を学ぶために、当初はTV、ラジオなどの手っ取り早く情報を入手できる機関を利用してみた。しかし次第にそれらから遠ざかる破目になった。美しかった日本語が、耐えられないほど歪められ汚くなっている。間違いだらけの丁寧語と敬語が入り乱れ、イントネイションもフレイジングもおぼつかない。わたしは、あっさり投げ出してしまった。

それでも、かろうじて国際ニュースや数少ない日本の伝統芸能芸術部門には耳を傾ける。

東洋、日本芸術文化を愛する一日本人でありながら、何故現代の日本人社会に対する違和感を否定できないのか？　わたしは自問自答した。

そうしたある日、ふとしたきっかけで〈独立自尊〉という福沢諭吉の言葉に出会う。その瞬間予期せぬ閃きがわたしの脳裏に走った。〈独立自尊〉とは、一個人にとって何を意味しているのか？

西欧の思想の基盤を担っているのは、個人主義である。しかし現代の日本人の大部分は、個人主義の何たるかを理解している人は非常に少ない。かなりの知識階級においてさえ同様である。

個人主義は、利己主義とはまったく意を異にする。自身の〈個〉の確立は、他者の〈個〉を尊重することであり、それを互いに侵さず侵されず認め合うことによって社会が成り立っている。

だが、その〈個〉は、あくまでも一人の人間としての人格形成の基盤がしっかり成されていなければならない。

なぜ現代の日本人は、個人主義を非倫理的とするかと言えば、それは彼等が個人主義を利己主義と混同していること、本質的に日本人は自身の感情のコントロールが苦手な、排他的な人種であることに由来していることによる。裏返せば、確固たる〈人格の基礎形成〉が成されていないのでは、と言えまいか？

福沢諭吉の〈独立自尊〉は、一人の人間として解すると、確固たる人格形成と自らへの尊厳の自覚、となるのではないか？　自らへの尊厳とは、他者への尊厳でもあるのだ。それは、一国家としての形でも同じである。

子供から大人の社会に至るまで、何か事が起こるたびに、そのような事態を招かないための行き当たりばったりの防止策が検討される。しかし、不祥事の根本的な原因を熟考する人はまずない、ということにわたしは限りなく恐ろしさを感ずる。理論的に物事を分析し考慮するという、知性の精神的基礎環境が皆無である、これが問題なのではないか？

かつて、唯一無二の素晴らしい文化を生んだ日本人たちはどこへ行ったのか？

予告せずに他者の家を訪問するという悪習慣が、21世紀の今日まで日本においては当たり前のように続いているということに、わたしは驚いた。他者のプライベイトな生活に無断で侵入するとは、無頼漢の行為である。

〈個〉を互いに尊重する社会では、親子の間柄であっても考えられない現象である。互いを尊重し、一定の距離を保つことによって成り立つのが民主主義の社会ではないか？

それは〈情〉だけではなく〈理知〉で判断すべきことだと、わたしは思う。

里山の秋　その一

火の見櫓を背にして夜間瀬川に向かって下り坂を歩いて行くと、突然フワーッと金木犀の香りが漂ってきた。わたしは立ち止まり、いち早く春の匂いを嗅ぎつけたスカンクのように目を閉じて、思い切り鼻先を空に向けてSnif Snifと鼻腔を広げる。

古い農家の庭に立ち続けるその古い木は、びっしりと小さな金色の花の塊をつけて、たおやかな香りを辺り一面に漂わせていた。

その香りは謙虚で淑やかで、早春の梅香のように、いかにも東洋的である。

ルガーノの我が家の近くのVilla Aroliの庭にも金木犀の木があった。季節が巡ってくると、ほのかな香りを密やかに漂わせ、日本の里山の静けさを想い起こさせたが、しかし、あまり趣味が良いとは言えない石造りのArt nouveau風の館や庭とは多分に不釣り合いであった。

この季節、農家の庭先に咲き乱れる草花たちは、初秋の憐れをひたすら美しく演じて見せる。薄紫の紫苑、真っ白な秋明菊、桔梗や竜胆、女郎花等々それらの楚々としたたたずまいが、住む人もなく久しい古い農家の荒れ果てた庭のススキにまざって密やかである。

夜間瀬川は、昔からかなりその流れを変えて幾度か氾濫していたようだが、現在は河幅の割には水かさが少ない。

しかし、弥生式住居跡があることから考えれば、この地域には先史時代から人間が住み着いていたのであろう。こんな山奥の、しかも気候の厳しい所に、いったい彼らは何処からやって来たのであろうか？

その夜間瀬川の畔に出ると、葦の繁みから一羽のさぎ鳥が姿を現す。乳白色にかすかに青みがかった灰色の背中が、彼をより優雅な姿に際立たせている。細く長い足を用心深く運びながら、川の流れにゆっくりと近づいてゆく。彼はふと歩みを止め、河原の水溜まりに長い嘴を近づけ、水面に映る自分の影に見入り、やがておもむろに翼を広げ空中にふわりと舞い上がる。美しい！

揺れる篝火に、たおやかに舞う若竹の世阿弥の精か。それは、夢想の美の象徴のようであった。

里山の秋　その二

鶏頭という植物を、わたしはあまり好きではなかった。あのぶしつけな色や形や肉厚な厚かましさが、どうも気に入らなかったのである。

子供の頃、嫌いな花などあるはずがないと思っていたのだが、なかなかどうして好きになれない花があることに気付いた。造花のような無表情なサルヴィア、咲き姿が美しくないカンナ、爛熟した女の性を誇張するエロディアデさながらの牡丹。

秋も10月に入ると、農家の庭に咲き乱れる花々の種類も変わってくる。そしてあの鶏頭が、これみよがしに透明な秋の陽の光の中で燃え上がる。だが、それらは、ひっそりとした信濃の山里の民家に不思議に調和して、見事に美しい。

色づき始めた柿、野ばらの実、槙の実、風に押し倒されて野みちの縁に乱れ咲くさまざまな色の小菊、それらと共に鶏頭は、山里の美しさが秋という季節を最大に表現する大切なモティーフの一部となっているようである。

朝の野みちで歩を止め山里の秋を全身に吸い込むと、わたしの身体はゆっくりと大気の中に溶け込んでゆく。

夕焼け

こんな夕焼けはめったにお目にかかれるものではない。

飯綱山の向こう側に、太陽は沈みながら、空一面に敷き詰められた重たげな雲の腹を一瞬茜色に染める。

遥か下方の村々も飯綱山もすべてが暗い平坦なシルエットと化し、頭上の雲の下部の広がりだけが燃え上がる。

そして、残照が東の山々を紅に染め始める。

庭先の東屋に立って、わたしは刻一刻と移りゆくその壮大なスペクタクルを、魂を抜かれたように見据えていた。

こぶし

中学生の頃であったか、それを読んだのは……。

確か著名な作家の作品であったと思うのだが、失礼ながら何方であったか、作品の題名も内容も記憶に定かではない。が、その文中に描かれていた〈白いこぶしの花〉がわたしの脳裏に焼き付いてしまった。

それまでわたしは〈こぶしの花〉を見た記憶がなかったのだが、その〈白い〉と〈こぶし〉の心地よい音の響きが、わたしを限りない夢想の世界に誘ったのである。

それから長い時間が経って、〈こぶしの花〉はわたしの想像の視野にさえ現れることはなかった。

この地に住むようになってからある日、義姉が〝あのこぶしの木はどうしました？〟と聞いた。彼女は、家を建築する前にわたしの代わりに夫と共に地鎮祭に来てくれたのであったが、その時にこぶしの木を見たと言うのである。はて？　そんなものが我が家の敷地内に生息しているのか、とわたしはびっくりした。

庭の北西部の一角に、その木はそびえていた。随分大きな木である。田舎のこととて、隣の敷地との境目は定かではないのだが、旧飯山藩士の十三代目である隣家の竹藪と共に、世紀を生き抜いてきたことには疑いもない。

何故なら、近年東側に盛り土をして宅地となった我が敷地は、かつてその藩士家の広大な敷地の一部分であった。その証拠に、現当主に伺うと、彼が物心ついた頃には、こぶしの木は既に老木であったそうである。

長い年月を経て、手入れもされていなかったと見え、枝は伸び放題、大風が吹けば電線に届きそうに傾いている。

ある日、近くの森林の間伐に来ていた木こりを見つけ、こぶしの枝払いを頼んだ。老木のため親木の幹には大きな洞があり、太い蔦が何本も巻き付いていていた。おそらくそのせいで、花をつける力もなく弱り果てていたのであろう。だが、さっぱりと散髪された次の春も、こぶしは花を見せてくれなかった。わたしは、幹の樹液を吸って生きている数本の太い蔦を、憎しみを込めて斧で切り除いた。

カッコウと同じく、植物の世界にも、他者の樹液を吸って生きようとするフトドキな輩がいるのである。人間であろうが動物であろうが、はたまた植物であろうが、ご都合主義の生き物たちをわたしは忌み嫌う。たとえ創造主がそう望んだとしても……。

冬の寒さが残る翌年の早春、我が家のこぶしは真っ白な綿帽子を冠って喜びの季節の到来を告げてくれた。

晩秋

ひっそりと、山里に晩秋は留まる。

山間の里の夕暮れでなければ、その美しさは有り得ない静かな感動である。

夕日が飯綱の山の端に落ちてゆく。

春から初秋にかけて入れ代わり立ち代わり現れ、騒ぎまくっていたさまざまな鳥たちも姿を見せなくなってしまった。

時折モズが鋭い声を上げ、春とは打って変わったカラスの間抜け声が、青さを失ってゆく空を横切る。

刻一刻と夕闇の迫る庭に、其処だけをポッと明るくしているトウカエデの紅の葉が、わずかな風に揺れている。

カメムシ

何ということだ！

臭い、猛烈に臭いのだ。まさに悪臭とは、彼のことである。

ストーヴにくべる薪にくっついていたのが床にこぼれ落ちたに違いない。それに気付かず、うっかり踏みつけてしまったらしい。居間中に耐えられない臭気が充満してしまった。

やむなく窓を開け放つ。外は雪、程よく温まっていた部屋の温度が急激に下がってゆく。

恨みは深しカメムシ野郎！

雪

長年住み慣れていたルガーノを遠退いて数カ月後、短い冬のヴァカンスを過ごそうと、独りの旅人として訪れた。

日々を住民として暮らしていた頃は、気にも留めず見慣れていた街角が、何か特別の出会いのようにわたしの心をくすぐる。既に他人顔をし始めた街並みをゆっくり歩きながら、異邦の旅人として、不可思議な親しみを感じていた。

その半生を、わがルガーノ市の郊外に過ごしたHermann Hesseによれば、第二次世界大戦後のルガーノはドイツ人の観光客でごった返し、小さな宝石のようなこの湖畔の集落は、見る見るうちに破壊されてしまったということである。彼は、それを心から嘆いていた。

ドイツ人のヘッセがドイツを後にして、スイスのイタリア語地区Ticino（ティチーノ）に異邦人として移り住んだのは、自らの過去に決別し、自身からも解き放たれたいという、自由への切ない願望からではなかったか？

この静かな湖畔の集落に神経の安らぎを見出した彼にとって、無神経なドイツ人観光客のために景観を無視して次々に建設されたホテルやレストランには、我慢できなかったらしい。とはいっても、ヘッセはルガーノ市内に住んでいたのではなく、ルガーノ湖を見下ろす〈金色の丘〉と呼ばれている近郊の高台に居を構えていたのである。彼が毎日そうしたであろう終の棲家となった家の庭先に立って湖を見下ろすと、何やらこの病める詩人の心境が推察できるような気がした。

現在のルガーノ市は、有り難いことにヘッセが嘆いた観光地としての賑わいはない。

何年もその表門を開くことのない巨大なホテルや丘の中腹にある駅からのケイヴルカーの朽ちた線路、それらがルガーノの過ぎ去った狂騒を僅かに偲ばせる。しかし、それらは風化したシャレコウベの眼孔のようであり剝き出しの乾いた胸骨のようでもあり、不気味な空しさをさらけ出している。

ルガーノ湖は氷河に削られて出来たので、上空から見ると複雑に曲がりくねっていて、川を塞き止めたような様相である。大部分はスイス国に属しているが、一部はイタリアにも属している。

Ticino州は５００年ほど前にミラノの貴族Borromeo（ボッロメーオ）家からスイス国に譲渡されたので、その名残として現在もイタリア語がこの州の公用語となっている。

同じスイス国でありながら、今でもベルンやチューリヒでは、ティチーノ州をイタリアと呼ぶ人々がいる。

ヘッセの安住の地となった〈金色の丘〉はスイス領であるが、そこから眼下に見下ろせるルガーノ湖の向こう側はイタリア領なのである。

ある日わたしはMontagnola（モンタニョーラ）に出かけた。ルガーノ市内にうっすら残っていた雪は、〈金色の丘〉に登って行くにつれて次第にその厚みを増していった。ヘッセの家Casa rossa（カーザ・ロッサ）の冬枯れの庭は、深い雪のマントウに覆われて、詩人がこよなく愛したさまざまな命が躍動する緑の季節の様相は想像し難かった。

冬の間、窓辺に佇んで雪に覆われた庭を見やりながら、いかなる心境で彼は春を待ちあぐねたのであろうか、それは容易に想像できる。

詩人の精神的暗黒を冬に譬えれば、C. G. Jungの指導の下で、病める魂の罠から解き放たれようとする切なる願いは、ゆっくりと、しかし確実に近づく春へのあこがれと重なり、やがて微かな光を見出したのではなかったか？

はたして、中断していた『Siddhartha（シッダルタ）』はその後、堰を切ったように書き進んだようである。

わたしの稚拙な洞察では、彼の精神的暗黒とは、人間のUnconsciousの根底に潜む逃れることのできない闇の存在を認めることができなかったことによるのではないかと思う。

わたしの愛したルガーノの二月は、そろそろ南側の斜面に野生のプリムラが小さな黄色の花を見せ始める頃だった。しかし、この冬はいつになく厳しく長く、冷たく白いマントウをすっぽり冠っていた。冬の間降り積もった雪は、表面が凍結していて岩盤のように重く庭を圧し潰していた。

〝光の中に躍動する緑の季節にもう一度訪れよう〟、わたしはそう自分に言い聞かせるように声に出して言い、眠れる詩人の庭を後にした。

＊5　アンディーヴ（endive　仏読み）：チコリの一種で、陽の光を遮断して育てると、白く大きな太い筆の形になる。
＊6　クネッケ（Knekke）：粗挽きの雑穀をクラッカーのように平たく焼いた北欧の乾パン。
＊7　フォーヴ（fouve　仏読み）：野獣。

四楽章

東山魁夷 Cantico Spirituale（霊歌）

Adagio mistico

奥信濃にようやく内気な春の気配が漂い始めた。だが、雪はまだ深い。それでも木々の根元には、わずかながら土の息が感じられる。

棚田に近づくと、水路の轟音が落差を吠えるように流れ落ちてゆく。やはり春なのだ。わたしは足を止め、力強い水音に耳を傾ける。そこだけに猛り立つ命がみなぎり、周囲の凍てついた沈黙を嘲笑っているかのようである。

旧暦睦月元旦、新春の挨拶が似つかわしい信濃の春の到来である。

穏やかな足取りで山間の里に季節はめぐり、風も空も、雪を冠った山々もわずかに水かさを増した川も、何やら〈その時〉を密やかに告げているようである。

東山魁夷画伯の『たにま』とその一連のスケッチは、まさに〈そのとき〉の大地の静かな鼓動を模索しているのではないか？

わたしの頭の中に、何故かこの絵は『水ぬるむ』というタイトルに変化して記憶されていた。

渓流の水際に、融けながら覆いかぶさる雪の下に、水底の藻の影が〈そのとき〉をほのめかし、内気な目覚めを告げる水の流れを彩る。

わたしは、東山画伯の美の世界に引き込まれていった。もの静かな、画伯の限りない自然への愛は、Bachの音楽のように、いつの間にか魂をその空間に誘い、深く静かな感動でわたしの五感を愛撫する。

信濃の春は旧暦と共に忍び足でやってくる。

あたかも頑固な老いた雪の季節に遠慮しながら、そーっと辺りを窺っているようである。

信濃には旧暦が似合う。この頃、わたしはそう得心するようになった。

旧暦に焦点を合わせて季節の変容を眺めていると、時の流れが、えも言われぬ美しい表情で彩られてゆくのに驚く。そしてそれらは、一瞬たりとも止まることを知らず、一陣の風のように掻き消えてしまうのである。

ふと、わたしはMozartを想い、果てしない宇宙の〈その瞬間〉を、実に正確に五線に摘み取った唯一の人ではなかったか、と飛躍した連想にふけった。

東山画伯の〈静〉の世界は、その風景の中にわたしを引き入れ、ある時は渓流のせせらぎを耳元で奏で、ある時は薄氷のように張り詰めた静寂の森を歩む馬のかすかな爪音を響かせ、野山を満たす穏やかな〈気〉を震わせる。わたしは、己の存在を心地よく見失ってゆく。

画伯の作品に初めて出会ったのはいつの頃であったか、どの作品であったか、記憶にない。しかし気が付いた時には、画伯の〈Spectre de la Beauté（美の精）〉が、わたしの心の奥深く住み着いていた。

その昔、情熱であると錯覚していた粗削りな感情の起伏に委ねた自暴自棄な生活にふけり、Granados（グラナドス）の音楽のような泥臭くどす黒さのあるArteに引き寄せられていた若かりし頃。その中に身を投じ酔い痴れながら、しかし心の片隅では、やがてこれも過ぎ去ってゆくであろうと、冷ややかに傍観している自分がいた。それは一種の自嘲のポーズであった。

その青臭い激しさから脱却して、やがて探し求める本質的な〈美〉（その頃はそれが何であるのか解らないまま）に、いつの日にか到達できるに違いないと思っていた。

東山画伯の風景に白い馬が登場した頃、わたしはヨーロッパをうろついていた。

もっともそれを知ったのは、後になって画伯の作品年表を読んでからのことであるが。

それから半世紀近くが過ぎ、ひょんなきっかけで信濃に居を構えることになり、〈白い馬の歩む風景〉に出会ったのである。

それは全くの偶然で、長野市の信濃美術館の東山魁夷館を訪れた時のことであった。

その頃のわたしの頭の中には、何れもやくざな様々な想いが混沌としていて、少々自分をもてあまし気味でいた。

もの静かな、東山画伯の描く、透明な魂に引き寄せられたのだろうか？　内面に無限の沈黙をもたらすあの静穏の世界に。

白い馬は、冷たい鏡のような湖面に姿を映しながら、深く鮮やかな青緑の森の中の水際を歩いている。その穏やかな歩の運び方に、わたしは釘付けになった。ひと吹きの風もなく、虫の羽音さえ聞こえない、すべてが静止している神秘の森の中、一頭の白い馬がその空間をゆっくりと歩いている。〈精霊〉ではないか？　と思ったその瞬間、〈Eternel（永遠）〉を求めて旅立ったある魂の影を、わたしは垣間見た。

『白い馬の見える風景』は、18枚の連作である。

しかし、それぞれの風景の中に一頭の白い馬が遠く小さくいるというだけで、何かを意図とした関連性があるわけではない。ただ、画伯の対話する風景の中にぽつりと居るのである。

その馬は、それを見る側には全く無関心にゆっくりと歩を運び、時には水辺の草を食み、時には海辺を軽やかに走り、時には冬枯れの木々の枝が入り乱れる薄暗い森の中に身を潜め、ススキの群生を波打たせる野分が彼のたてがみを乱すと、ふと立ち止まり風の行方を見定めようとする。

『白い馬の見える風景』は１９７２年に描かれた、と画伯自身記しているが、〈白い馬は何処から来たのか？〉〈私の切実なる心の祈りとでもいえようか〉と記した後、〈見る人の心にまかせた方がよいと思う〉と結んでいる。この連作には〈心の風景〉という副題がつけられている。やはり画伯にとって白い馬は、ある重要な意味合いを含んでいるのではないか、とわたしは推測する。

１９７２年の春、画伯の心にぽっかりと大きな空洞が開き、その空洞の奥深く去って行ったある魂への、限りない哀切の念と痛ましい鎮魂の祈りを込めて描かれたのではなかったか？

すっかり葉を落とした木々の林の上の雲を昇ってゆく白い馬『綿雲』に添えられた画伯自身の言葉〈再び春は巡ろうとしている。ふたたびあなたは帰らないであろう〉は、かなり確かなある推理にわたしを駆り立てる。

描こうとした風景に、すっと現れた一頭の白い馬。おそらく画伯は、あらゆる地上の束縛から（自身からも）解き放たれたある自由な魂の姿を、其処に見たのではなかったか？

画伯の風景の中に白い馬は静かに歩を運び、透明な湖面に姿を映し、踏みしめる温もった土に春の匂いをかぐ。冷たい微風も澄み切った静寂も、彼の自由を静かに見守っている。

画伯は白い馬の動きに従って筆をとる。すると白い馬は、やがて画伯自身の魂に重なっていった。

研ぎ澄まされた〈美〉の中に響き合う魂は、異なった時空の中で互いに交信し合い続けるのではないか？　東山画伯の〈祈り〉とは、その交信の一手段なのではなかろうか？


ヨーロッパ在住中、気が向くとぶらりとドイツの田舎に出かけた。どういうわけか、未だに解らないのであるが、ドイツの田舎はわたしに、不可解な郷愁めいた感情をいつも掻き立てるのであった。

ゆったりと波紋を描く伸びやかな川の流れるさま、新緑が燃え上がる穏やかな田園の起伏、暗い緑色の影を落とす針葉樹や雑木の森や林、こぢんまりした古い町、古びた石壁、紅いゼラニウムが燃える木枠の窓辺、すり減った粗い石畳、『*Winterreise*（冬の旅）』を想わせる旅籠屋の看板、風見の鶏。

東山画伯のヨーロッパでのスケッチは、人っ子一人通らない田園の道端に腰を下ろして、半日近くぼんやりと眺め続けたその時の風景を、わたしの脳裏に蘇らせる。

ごく最近になってから知ったのだが、驚いたことに、画伯が何度目かのヨーロッパスケッチ旅行をしていたその頃、わたしはドイツの田舎道を当てもなくトボトボと歩いていたのであった。

鮮やかな緑あるいは青緑、東山ブルー、白、ブルーグレイ等々によって出現する風景。

それらの一枚の絵の前に立ち、わたしはその風景から伝わってくる静かな深い〈Vibration（響き）〉を受け止める。衒いのない穏やかで透明な優しく控えめな魂が、其処には息づいているようだ。

孤絶の気が漂っている。そんなふうにわたしは画伯の風景を眺める。それは、究極の〈美〉という抜き差しならぬ領域に足を踏み入れてしまった人の宿命ではないだろうか？

Mozartがそうであったように、それは常人の感性からは程遠い〈孤絶〉の世界、そして当の本人は、全く気付いてはいまい。

風景との語り合いを実に優しく、画伯は謙虚に親愛を込めて描く。そこには、風景と画家以外には何も存在しない。両者の密接な対話はやがて地上を離れ、画家の感性の中で〈美〉へ昇華してゆく。その瞬間の痕跡を、わたしは目前の風景画の中に垣間見る。

東山画伯がMozartのピアノ協奏曲を愛したということに、わたしは納得がゆく。それ以上でもそれ以下でもない、簡潔にして純粋な短いモティーフを展開させてゆくさまは、脳の奥にポトリと落とされた一滴の単音が、作曲家の感性の中で波紋を描きながら広がってゆく波動（Vibration）のようである。それはたいそう美しく、そして限りなく孤独である。

すべての音を吸収して、雪の静寂があの〈北山初雪〉の森を覆っている。それは恐ろしいほど美しく、Sordina（弱音器）をつけたような無音の世界がわたしをひと呑みにする。

わたしは戸惑い、一瞬立ちすくみ、やがて無抵抗に白い杉木立の奥深く踏み入ることになる。

Gustav Klimtの風景に潜む〈濁った翳り〉は、東山画伯には全く見受けられない。画伯の〈水〉は、あくまでも透明で清らかで、静穏である。

G. Klimtの風景画に現れる深い森の内部と湖（あるいは沼）は、自然独自の生命力に満ちあふれた静穏の領域であるかのようだ（Johannes Dobai評）、しかしそこには何か底知れぬ不安や不穏な潜在意識が蠢いているように、わたしには感じられる。

東山画伯の『樹根』が、神聖な生命力（『サムシング・グレート』村上和雄）であるのに比べG. Klimtの自然は、古代ギリシャ的な宿命とでも言おうか、どこか人間的な〈頽廃〉の匂いを漂わせている。しかし、それもたいそう魅惑的ではある。

いわゆる芸術作品（この曖昧な意味の言葉をわたしは好まないのだが、他に適切な表現を見出せないので不本意ながら使用する）との出会いは、それがいかなるジャンルのものであっても、邪魔にしかならない情報や予備知識を事前に得ようとするような愚かなことはしたくない。わたしは自分の五感で感じたいのである。たとえ未熟であっても、その時の自分の感性に正直でありたい、と思うからである。

1981年の作品『静唱』は、パリの公園ということで、全体が灰色の色調で描かれているかなり大きな作品で、寒々とした水、空、霧そしてポプラで構成されていて、その年代にわたしが住んでいた北イタリアを、アドリア海に流れ込むポー河流域の冬の景色を思い出させる。ロンバルディア平原を包むどんよりした空気、淀んで勢いを失くした水の流れ、幅広い川の両岸に並び立つ葉を落としたポプラの木々、もって行き場のない不可思議な哀しみ。何十年も前のやりきれない憂鬱が、不意にわたしの心を揺さぶった。

おそらく、それまでに出会った画伯の作品の中で、哀しみを肌の記憶として蘇らせる唯一の風景画である。が、それとて実に美しく、そして懐かしいわが愚かな青春の感傷なのである。

庭先の東屋に立つと、夕日が落ちてゆく方向に黒姫山の姿がある。穏やかな、優美なたたずまいである。

東山画伯はこの黒姫山を『光昏』に描いている。画伯の画面に見える野尻湖の水面は、我が家からは見えないが、山の姿はそっくりそのままである。

真冬の、朝の光にきらめく銀嶺の美しさよりも、たった今しがた沈んでいった燃える茜の太陽の残光を背負って墨色に沈黙する黒姫山を、わたしはこよなく愛する。その夕暮れを、画伯は秋という残穏の暖かな色の季節に託しているのが嬉しい。

〈信州は私の作品を育ててくれた〉と画伯は書いている。それは何を意味しているのかは、わたしには解らない。しかし画伯の風景画には、信濃の何気ない〈気〉のぬくもりが宿っているように見受けられる。

思うに、〈私の作品を育てた〉と画伯に言わしめたその信濃の風景とは、偽りのない美しい、気の遠くなるような時間を経てその気候風土に積み重ねられてきた自然本来の日本の山野の姿ではなかったか？　事実、若き画伯が信州に足しげく訪れたのは、百年以上も昔のことであった。そこに暮らす人々にも自然にも、時間はゆったりと流れ宇宙のリズムに逆らうことなく、全てが〈ありのまま〉という調和の下に息づいていた、そんな時代であったはずである。

しかし人はやがて物質的に貪欲になり、自然を支配下に置き始める。益々無知傲慢になってゆく人間たちは、浅はかな己の飽くなき欲望を満たすために、人間には知る由もない絶妙な生命連鎖によって微妙に保たれている自然界のバランスを破壊することに、少しの畏れも感じなくなってしまった。

近年、ナチュラリストという仮面をつけた軽薄な人々によって、日本古来の原生林は無残に伐採され陳腐で人工的な、間違いだらけの外国語モドキの○○ガーデンとか○○パークとか、はたまた○○ワイナリーなるものが、いたるところに出現することになった。

其処には、人工的に交配された風情のない花を咲かせる植物が植えられ、国籍不明の不自然な醜いモドキナチュラルガーデンの空間が出来あがる。そして、そこを訪れる浅はかな人々の、ディズニーランドを訪れた時と寸分変わらぬ偽りの称賛の矯声が、空々しく響き渡ることになる。

東山画伯の風景は、うっかりすると見落としてしまいそうな何処にでもある、人間の作為が全く届かない自然が息づいている。画伯はその自然の中に、自身の魂の根源の〈響き〉を無意識に感知したのではなかったか？

『たにま』と共に、たいそう魅せられる作品に『行く春』がある。『京洛四季』の一作であるが、こんなにも見事に懐かしく穏やかな春を謳うとは、と感動を覚える。その柔らかな草の上に腰を下ろして、花弁を浮かべ戯れゆく小さな流れを、いつまでも眺めていたい。あの見事な格調高い名作『花明かり』に敬意を払いながらも、『行く春』にわたしの心は傾いてゆく。

東山画伯が凝視する風景の美は、画伯の心に振動し、やがてある観念として昇華していった。一枚一枚の絵の内部に潜在する画伯の魂が、その波動に敏感に反応する人の心に穏やかに作動してくる。その語りかけを受け止めるためには、人は己に饒舌であってはならない。何故ならば、東山画伯の風景は一枚の絵というより、画伯の偽りのない魂との触れ合いである、と考えるからである。

わたしはその日、何気なく『夕星』という作品の前に立った。そしてこの画面に描かれている異様な静寂に足がすくんでしまった。

当然のことながら、このスケッチに関する知識は全く持ち合わせていなかった。

画面は、無言のうちにわたしを突き放しているかのようである。冷たい空気が肌を粟立たせ、何も語り掛けてはくれない。

わたしは戸惑った。何故、こんなにも冷寂な風景を画伯は描こうとしたのであろうか？

そして、これが東山画伯の最後の作品であることを知る。突然頭の中に、遠い昔のある記憶が鮮明に甦った。

１９７２年の暮れから翌年にかけて、初めてスペインを旅した時、バルセローナのPablo Picasso（パブロ・ピカッソ）美術館を訪れ、彼の初期の作品から１９７１年までの膨大なコレクションを、誰もいない館内で心ゆくまで観ることができた。

Picassoはまだ存命中で、精力的に制作活動をしている様子が窺えた。だが、晩年になるにつれて、画面は次第に簡素になってゆき、描かれる線は原始的でより単純化されつつあった。

Altamiraの洞窟の壁画を連想させる一枚の最新作のスケッチの前に立った時、突然わたしは、死のにおいを嗅いだような気がした。

二十世紀の巨匠の死は、その時からそう遠くはなかった。

東山画伯の『夕星』の構図は、若い頃から幾度か繰り返されている。満月であったり、上弦であったり或いは三日月であったり、月は幾度か異なった形で異なった画面に現れる。しかし夕星は、わたしの知る限り、この作品だけに描かれたようである。

夕星は、画伯にとって何を示唆しているのか？　このスケッチが絶筆であることから、おそらく無意識のうちに、自身の死がそう遠くないことを感知していたのではないか、という推測がわたしの脳裏を横切った。

その生涯において遭遇した幾多の死の中で、画伯の心の底にもっとも深く刻み込まれたある魂との別れの情景が、自らの終焉を予知した時に、画伯の脳裏に鮮明に甦りはしなかったか？

限りなく〈美〉を追い求める魂は孤絶である、とわたしは繰り返し言及してきた。〈美〉の感動を分かち得る魂に出会えることは、皆無に近いとさえ思っている。

東山画伯はしかし、その稀有な魂に邂逅したのであった。この出会いは画伯のその後の創作活動に、美しい『京洛四季』を生むことになった。

おそらく、たいそう幸せな一時期を、画伯は過ごしたに違いない。なぜなら、無言のうちに〈美〉を通して触れ合う魂の響きを共有できることは、至福の極みなのであるから。

〈日本の美〉を画伯は折に触れて語る。

勿論、日本画家であるからには当然と言えるが、では、彼の愛する〈日本の美〉とは、いったい〈日本の美以外の美〉とどこが異なるのかと、愚かなわたしは問う。

東山画伯の世界がわたしを魅了する、その〈日本の美〉の核とはなにか？

〈日本人の心に、永久に日本の美の源流として響きを伝えてゆく〉として、『古事記』に記されている倭建命の〈大和は国のまほろばたたなづく青かき山ごもれる大和しうるはし〉をあげ、〈これ以上簡明に大和の美しさを歌うことは不可能だと思えるくらいの響きをもっていると、私には感じられるのです〉と画伯は語る。

仏教伝来以前の倭国のおおらかな宇宙感覚と自然への静穏な崇拝と憧憬を、日本の源流をなす〈美〉の心の象徴と捉えてもよかろうか？　そして、其処には、紛れもなく〈美の品格〉が根底を成しているのである。

思うに、東山画伯が生涯追求した〈日本の美〉とは、画伯自身の意識のなかには明確でなかったとしても、実にその〈美の品格〉が画伯の潜在美意識の中枢を成していたのである。そして〈美の品格〉は、日本元来のあらゆる分野における文化、芸術の根源を成しているゲノムなのではないか？

東山画伯の自己主張を露わにしない静かな美の世界にVibration（波動）のリズムが重なり合うと、人は己の存在を失念し、その感動ゆえに異界の領域に足を踏み入れてしまう。

〈美〉の感動とは、沈黙の中に出現する世阿弥の〈花〉の〈幻（Spectre)〉に酷似している。

それを人間の言葉で表現するのは不可能である。何故ならそれは存在し、存在しないからである。

『夕星』の構図は、しばしば画伯が好んだ水に反映する森の風景である。

〈全く同じ形の風景が上下にぴったり結びつくと、もう見慣れた風景ではなく、超現実的な世界に変貌する〉と、画伯は白樺の木立を冷たく映す北欧の澄み切った湖水を描いた『映象《えいしょう》』について語っている。確かに、けっして人間が踏み入ることのできない神秘の世界が、其処には広がっている。

しかし『夕星』が醸し出す雰囲気は、過去に描かれた多くの類似構造を持つ作品とは異なり、〈超現実的〉というよりは〈幻想的〉と言った方が的確であろうか？

自身の死の二十年前、画伯は美の世界を響きあったある魂との別れを、〈星離れ行き〉と題して追悼文を書いている。

その中に、遠く離れた旅先で、まさに地上を離れんとしているその瞬間を暗示するかのような出来事に遭遇した体験を記している。


静かな夕べであった。薄い霧が、空と海の境をぼかし、ほとんど見分け難いものにしていた。空に低く、細い上弦の月が懸っていた。

弓弦を水平に張って、安らかな、ひかえ目な月の姿だった。その真上に、明るい、大きな星が一つゆらゆらと光り輝いている。その星は、何か尋常でないものを感じさせていた。澄んだ、涼しげな宵の明星であるが、その閃き、迸り出る光輝は、今にも、空に流れ出して、透明になり、消え去ってしまうのではないかとさえ思われた。生命の瞬間の輝きとも見えた。

私は思わず妻を呼んだ。しばらく、星を見つめながら、窓辺に立ちつくしていた。


（『新潮』１９７２年、六月臨時増刊号「川端康成読本」）


画伯は夢を見たそうである。そして、夢に現れた風景を描こうとした。『夕星』はとろりとした夕凪の海の表皮のように穏やかである。地上のあらゆる騒々しさから解放されて、静かに霊気を漂わせている。

あの日の夕暮れのように、孤独な宵の明星が涼しげに光を放っている。

画伯はその夕星に向かって、自らの旅立ちを語りかけているのではないか？

Die Kunst der fuga（フーガの技法）が、今、わたしの書斎を満たしている。Mozart, Chopinを晩年嫌った鬼才Glenn Gould（グレン・グルド）の奏でるオルガンまたはピアノのJ. S. Bachは、何故彼がChopinはともかくMozartをも好まなくなったかをわたしに納得させる。そして、いかにBachを愛したか、この孤高のピアニストは一介のEremita（隠修士）のように、自らの魂をBachに委ねているようである。進行させてゆく旋律を、時折低く歌うG. Gould自身の呟きは、彼の内面のLiricaのように聞こえてくる。

後年、聴衆の前に姿を現さなかったこの奇行のピアニストは、しかし、孤絶の世界から溢れんばかりに語りかけてくる。それを受け止めるためには、人はすべての無駄な知識や固定観念を打ち捨てて〈無〉の境地でなければならない。

東山魁夷という画家の、その孤絶の魂から生み出された〈美〉の世界は、J. S. Bachの無私の音楽に静かに重なり、澱むことを知らぬ永遠へと無限に広がってゆく。

そして、それは霊的な謎である。

M. がらしゃ

東京藝術大学音楽学部卒業、大学院修了。ヨーロッパ遍歴40年余り。隠棲地として奥信濃に住む。

田園狂騒曲
―アルプスのすそ野から奥信濃へ―

2018年6月14日　初版第1刷発行

著　者　M. がらしゃ
発行者　中 田 典 昭
発行所　東京図書出版
発売元　株式会社 リフレ出版
〒113-0021　東京都文京区本駒込 3-10-4
電話（03）3823-9171　FAX 0120-41-8080
印　刷　株式会社 ブレイン

ISBN978-4-86641-148-4 C0095
Printed in Japan 2018

ご意見、ご感想をお寄せ下さい。
［宛先］〒113-0021　東京都文京区本駒込 3-10-4
東京図書出版